Jorge Luis
Borges

Siete noches

七夜

［阿根廷］豪尔赫·路易斯·博尔赫斯 著

陈泉 译

上海译文出版社

目 录

《神　曲》

　　在与保尔·克洛岱尔不很相称的某页里，保尔·克洛岱尔写道：毫无疑问，我们的肉体死后，等待着我们的前景将不会同但丁所描绘的地狱、炼狱和天国里的情景相同。克洛岱尔在一篇令人钦佩的短文中所阐述的这个有趣观点，可以从两个方面评价。

　　首先，从这个观点中，我们看到了但丁文字威力的明证，因为在读的过程中或日后回想起来时，我们会认为，但丁想象的另一个世界恰恰如同他所描述的一样。我们不可避免地会觉得但丁的确认为人一旦死后，将会看到地狱倒置的群山，或是炼狱的平台，或是天国的同心天穹。此外，他将会与鬼魂（遥远古代的鬼魂）交谈，而且有些鬼魂还会用意大利语的三韵句跟他对话。

这显然是荒唐的。克洛岱尔的观点并不符合读者的思考（因为他们思考一下就会发现那是荒唐的），却符合他们所感受的，即那种足以使他们离开乐趣，离开那种阅读著作时产生强烈乐趣的东西。

我们拥有许许多多证据可以批驳它。其中之一是但丁儿子的声明。声明说他父亲曾打算通过地狱的形象来展现罪人的生活，通过炼狱的形象来展现悔罪者的生活，通过天国的形象来展现虔诚者的生活。他没有以逐字直读的方式阅读。同时我们还在但丁给斯卡拉家族的坎格兰代的书信中找到了证据。

这封信曾被认为不足为信，但是这封信无论如何不会在但丁之后很久写成，因此，不管怎么说，可以肯定确实是那个时代的。信中认为《神曲》可以有四种读法。在这四种读法中，有一种是直读式的；另一种是寓言式的。根据这后一种读法，但丁就是人类的象征，贝雅特里齐象征信念，而维吉尔则象征理智。

一段文字可以有多种读法，这种想法是中世纪的一大特色。如此受诋毁却又如此复杂的中世纪，为我们留下了哥特式建筑、冰岛的萨迦和对一切都要争议一番的经院哲学。特别是给我们留下了《神曲》。我们不断地阅读而又不断地惊叹不已。它将超出我们的生命，超出我们的不眠之夜，并将为一代又一代的读者所丰富。

这里值得提一下斯科图斯·埃里金纳，他曾说《圣经》的文字包含着无穷的含义，可与孔雀闪闪烁烁的羽毛相媲美。

喀巴拉学者认为《圣经》是写给每一位信徒的。如果我们考虑到文字的作者和读者命运的作者是同一人，即上帝，那么这种说法也未必不可信。但丁根本用不着假设他为我们展示的东西符合死后世界的真实样子。没有这样的东西。但丁也不会这样考虑。

然而我认为抱有这种天真的观念，即我们正在阅读一个真实故事的想法还是合适的。它可以让阅读把我们牵住。至于我，我要说，我是个享乐主义的读者；我从来不会因为是古书就去读它。我是因为书能给我以审美激动而去读它的，我会把评论和批判置之度外。当我第一次读《神曲》时，我就被它拉过去了。我读《神曲》是像读别的不怎么著名的书那样读的。我想把自己与《神曲》交往的故事讲给你们听。因为现在我们是朋友，我并不是在跟大家讲话，而是在跟你们中的每一个人交谈。

　　一切都是在独裁政府前不久开始的。那时我在阿尔马格罗区的一家图书馆当职员。住在拉斯埃拉斯大街和普埃伦东大街，必须乘坐慢悠悠、孤零零的有轨电车，从北区赶到阿尔马格罗区南面，到位于拉普拉塔街和卡洛斯·卡尔伏街的图书馆上班。一个偶然的机会（不过也不是什么偶然，我们所谓的偶然其实只是我们对复杂的偶然机制一无所知）使我在米切尔书店发现了三本小小的书。这三本书（我今天应该带一本来，可以作为护身符）正是《地狱篇》、《炼狱篇》和《天国篇》，是卡莱尔翻译成英文的，而不是由下面我要提到的托马斯·卡莱尔翻译的。书很小巧，是登特出版社出的。可以放在我口袋里。一边是意大利文，另一边是英文，是逐字逐句翻译的。我想出了一个实用的方式：先读英文的一个段落、一个三韵句，是用散文翻译的；再读意大利文的同一段落、同一个三韵句。就这样一直读到最后一歌。然后又把英文的歌通读一遍，接着再通读意大利文的。这样第一次读

4

时我便发现，译作不可能代替原文。可是译作可以成为使读者接近原文的一个途径和一种推动。对于西班牙文读者尤其如此。我记得塞万提斯在《堂吉诃德》的哪个地方说过，一个人只要能读懂两句托斯卡纳诗句就可以理解阿里奥斯托了。

可不是呗，我的这两三行托斯卡纳诗句是因为意大利文和西班牙文兄弟般地相像而送给我的。那时我就注意到诗句，特别是但丁伟大的诗句，含义要比字面深远得多。在其诸多特点中，诗句意味着某种语调、某种语气，许多时候是不能翻译的。这一点我一开始就发现了。当我到达天国之巅的时候，当我抵达空无一人的天国，也即但丁被维吉尔抛弃，孑然一身而呼唤维吉尔时，我感到我可以直接阅读意大利文了，只要偶然看一下英文。就这样，我利用缓慢的有轨电车的旅行，读完了那三本书。后来我又读了其他的版本。

我读过好多遍《神曲》。确实我不懂意大利文，我的意大利文就是但丁教给我的那一点，就是后来我读《疯狂的罗兰》时阿里奥斯托教给我的那一点点。后来读克罗齐的书，要容易多了。我读过克罗齐的几乎所有著作，并不是我都赞成他，但是我感觉到他的迷人之处。迷人，正如斯蒂文森所说，是作家应该拥有的基本优点之一。舍此，别的都没用。

《神曲》的不同版本，我读过好多遍，所以我能了解有关的评论。所有版本中有两个我记得特别牢：莫米利亚诺版和格拉布赫版。我还记得雨果·斯泰纳版。

我碰到什么版本就读什么版本，尽量阅读对这部多重性著作的各种不同的评论和解释。我发现，最老的版本着重从神学方面评论；十九世纪的版本却着重从历史方面评论，而现今则着重从美学方面评论，它让我们注意每个诗句的着重点，这是但丁最强的优点之一。

我曾经将弥尔顿与但丁相比，但是弥尔顿只有一种音乐，即英文中所说的"文笔华美"。这种音乐始终是一个调，它超越人物情绪之外。但是在但丁那里，如同在莎士比亚那里，这种音乐是跟着人物情绪走的。语调和语气是主要的，每句诗都应该是，也确实是被大声读出来的。

我说被大声读出来，是因为当我们读到确实令人赞叹、确实美好的诗句时，我们常常会大声朗读起来。一首好诗是不会让人轻声读出或是默读的。如果我们能这样默读的话，那就不是好诗：诗要求发出声来。诗总是让人想起它在成为书面艺术之前曾是口头的艺术，让人想起诗曾经是歌。

有两句话可以证明这一点。一句是荷马或者说是我们称之为荷马的希腊人在《奥德赛》中所说的："诸神为人类编造种种不幸，以便后代拥有可以歌颂的东西。"另一句话要晚得多，是马拉美说的，他重复荷马，但没有那么优雅："一切通往一本书。"[1]我们看到两者的不同：希腊人谈的是将会歌唱的后人，而马拉美谈的是一个事物，是许多事物中的一个，一本书。但意思是一个，即我们生就是为了艺术，生就是为了记忆，生就是为了诗，或者也许生就是为了忘却。但是有些东西留下了，这就是历史或诗歌，两者并没有什么本质的区别。

卡莱尔和其他评论家注意到，但丁最显著的特点是其感染力。如果我们细想一下全诗的一百首歌，除了天国的一些地方对作者是光明，而我们觉得是阴影以外，整个诗的感染力居然始终不减，实在是个奇迹。我不记得别的什么作家有过类似的情况，也许只有莎士比亚的《麦克白》，它由三个巫婆，或命运三女神，或致命三姐妹开始，一直延续到主人公

---

1 原文为法文。

之死，一刻也没有减弱感染力。

我想提一下另一个特点：但丁的雅致。我们总会想起佛罗伦萨诗句阴沉和格言式的特点，忘记了作品充满着雅致、乐趣和柔情。这种柔情是作品结构的一部分。例如，但丁大概在哪一本几何书中读过正方体是各种形体中最结实的。这是一种很普通的看法，与诗歌毫无关系，但是但丁却把它比作必须承受磨难的人：人是个很好的四边形，一个正方体，[1]这确实是很少见到的。

同样我也记得关于箭的奇怪比喻。但丁为了让我们感受到箭离开弓命中目标的速度，他这样说，箭射中目标，它离开了弓，离开了弦。他把始末倒置，以便显示这一切发生得有多么快。

有一句诗一直在我心头。那是《炼狱篇》第一歌，讲的是那个早晨，炼狱南端山间的那个难以置信的早晨。但丁从地狱的污秽、凄惨和恐惧中走出，他说 dolce color d'oriëntal zaffiro（东方蓝宝石的优美颜色），这一句读来增添了缓慢的

1　原文为意大利文。

语气，因为必须说出 oriëntal（东方）：

> 我的眼光就和苍穹的
>
> 东方蓝宝石的优美颜色接触，
>
> 透明凉爽的空气直达第一重天。[1]

我想就这首诗的奇怪机制多谈一点，只不过"机制"一词对于我所想表达的来说过于生硬。但丁描写东方的天，描写曙光，并将曙光的颜色比作蓝宝石之色，与被称作"东方蓝宝石"的蓝宝石相比。在东方蓝宝石的优美颜色[2]中有一套镜子，因为东方是通过蓝宝石的颜色解释的，而蓝宝石又是"东方的蓝宝石"。这就是说，这块蓝宝石满载着"东方"一词的丰富内涵，它充满着，比方说《一千零一夜》的神奇，这部但丁并不知道但确实存在的著作。

我还记得著名的《神曲·地狱篇》第五歌的最后一句：e caddi come corpo morto cade（竟昏晕倒地，好像断了气一

---

1 原文为意大利文。语出《神曲·炼狱篇》第一歌。参见王维克先生的译文。
2 原文为意大利文。

般）。为什么跌倒会有回声？这回声正来自"倒地（cade）"一词的重复。

整个《神曲》到处都是这种类型的乐趣。但是维系《神曲》的是它的叙事体。我年轻的时候，人们瞧不起叙事体，称之为轶闻，忘记了诗歌正是从叙事开始的。诗之根源为史诗，史诗是最早的诗。岁月就在史诗中，在史诗中有过去，有现时和将来；这些在诗歌中都有。

我建议读者忘掉归尔甫派和吉伯林派之间的冤仇，忘掉那些经院哲学，甚至忘掉那些神话的影射和但丁重复维吉尔、有时改动得更好的拉丁文佳句。至少在开始的时候应该这样，最好能跟上故事的线索。我想谁也不会拒绝这样做。

就这样我们进入了故事，我们几乎是变戏法似的进入的，一般来说，现在要讲什么超自然的事情时，是一位不肯轻信的作家对一位不肯轻信的读者在讲，因而必须让读者有所准备。而但丁不需要这样：在我们人生道路的中央，我走进一片幽黑的森林。[1] 这就是说，我三十五岁时，"我走在一片幽黑森林的半路

---

1 原文为意大利文。

上"，这可以是一种比喻，因为《圣经》说严谨人的寿命为七十岁。认为之后一切皆荒芜，就如英文中的 bleak，一切都是忧愁、惶恐。所以当但丁写"在我们人生道路的中央"，并不是笼统的比喻，而是在精确地告诉我们观察的日期，即三十五岁时。

我不认为但丁看到了异象。异象是短暂的。像《神曲》那样长久的异象是不可能的。这里的异象是自愿的：我们应该把我们抛给异象并以诗的信念阅读这个异象。柯尔律治说，诗的信念，就是自愿地把不肯轻信的念头高高挂起。如果我们去看戏，我们知道舞台上有化好装的人在重复莎士比亚、易卜生或者皮兰德娄教他们说的话。但是我们会相信这些人并不是化好装的演员，而会认为那位化好装在报仇前慢吞吞地独白的演员就是丹麦王子哈姆雷特；我们沉湎于其中。在电影人那儿，这个做法还要新奇，因为我们看到的已经不是化好装的演员，而只不过是这些演员的照片；然而在放映过程中我们却相信他们是真的。

至于但丁，一切都是那么活生生的，以至于我们会想他确实相信他的另一个世界，就像他相信地心地理学或者地心天文学而不相信别的天文学一样。

我们通过保罗·格鲁萨克指出的一件事深深地认识了但丁：因为《神曲》是以第一人称写就的。这不是简单的语法技巧，不是用"我看见"代替"他们看见"或者"这是"的问题。含义要深得多，它意味着但丁是《神曲》人物之一。根据格鲁萨克的说法，这是一个新特点。我们可以回忆一下，在但丁之前，圣奥古斯丁写了他的《忏悔录》，但是这些忏悔恰恰由于其光彩夺目的修辞，而使它离我们不像但丁离我们那么近，因为这个非洲人[1]光彩耀人的修辞硬挤在他想表达的内容和我们所听到的内容之间。

很不幸这种修辞挤占的情况经常发生。修辞应该是一座桥，一条路；而有时却是一堵墙，一个障碍。这种情况从塞内加、克维多到弥尔顿或卢贡内斯等诸多作家身上都可以看到。在他们和我们之间总有一些词语挤占着位置。

我们认识但丁要比对他同时代人认识得更加深刻。我简直要说我们认识但丁就像他认识维吉尔一样，他曾经是但丁的一个梦。毫无疑问，要比对贝雅特里齐·波尔蒂纳里认识

1　圣奥古斯丁生于努米底亚（今阿尔及利亚）的塔加斯特。

得还要深透；毫无疑问要比对任何人都深。他站在那里，处在行动的中心。所有的事物不仅被他看到，而且他都参加了。这一部分并不一定与所描写的一致，它常常被忘却。

我们看到但丁被地狱吓坏了。他应该感到害怕，倒不是因为他的胆怯，而是他需要害怕以便让我们相信地狱。但丁被吓坏了，他感到害怕，并对周围的事物发表意见。我们不是从他的言词而是从他语言的诗意、语调、语气了解到他的看法。

还有一个人物。确实，在《神曲》中有三个人物，不过我现在要给你们讲第二个。那就是维吉尔。但丁使我们拥有第二个维吉尔的形象：一个是《埃涅阿斯纪》或者说《农事诗》留给我们的，另一个是诗歌——但丁仁慈的诗歌——留给我们的更加真切的维吉尔的形象。

如同现实中的主题一样，文学的一个主题是友情。我要说友情是我们阿根廷人的激情。在文学中有许多友情，文学是由友情编织起来的。我们可以回顾一些友情的例子。为什么我们不想想堂吉诃德和桑丘？或者说阿隆索·吉哈诺[1]和桑

---

1 堂吉诃德的原名。

丘，因为对桑丘来说，阿隆索·吉哈诺毕竟是阿隆索·吉哈诺，只是到最后才成为堂吉诃德的。为什么不想想菲耶罗和克鲁斯这两位在边境迷路的高乔人呢？为什么我们不想想那个带领牲畜的老头和法比奥·卡塞雷斯？友情是个很平常的主题，但是一般说来，作家常常运用两个朋友对比的手法。我忘记了另外两位高贵的朋友：吉姆和喇嘛[1]，他俩也显示出对比。

至于但丁，他的手法要细腻得多。尽管有一层类似父子的关系，却并不完全是对比的方式：但丁是作为维吉尔的儿子出现的，但同时他又高于维吉尔，因为他自认得到了拯救。他认为他将享受恩泽或者说他已经享受了恩泽，因为已经给了他异象。然而，从地狱一开始他就知道维吉尔是个迷路的灵魂，是被打入地狱的。当维吉尔告诉他不能陪他走过炼狱的时候，他感到这位拉丁人将要成为这可怖的高贵城堡里的永久居民。那里聚集着古代伟大的鬼魂，聚集着那些由于不可战胜的愚昧而未能听到耶稣福音的人。就在这时，但丁说：

1　均为英国作家吉卜林长篇小说《吉姆》中的人物。

你，公爵；你，大人；你，大师[1]……为了度过这一时刻，但丁以极美的言词向他问候，谈起自己长期研究和强烈仰慕维吉尔的作品，并由此促使他来寻找维吉尔的身影，两个人之间的关系会一直维系着。维吉尔基本上就是一个悲惨的形象，他知道自己注定要永远地居住在这个没有上帝的高贵城堡里，而但丁却可以见到上帝，可以了解宇宙。

这样，我们就有了两位人物。然后有成百上千的，有许许多多的人物。人们常说他们像插曲，而我要说他们是永恒的。

一部当代小说需要用五六百页使我们认识某个人，如果说真能够让我们认识这个人的话。但丁只需要一会儿工夫。在这一时刻，人物就永远地被确定了。但丁不知不觉地寻找着这一中心时刻。我曾想在许多故事中这样做，由于这一发现我曾备受钦佩。这是但丁在中世纪的发现，即将某个时刻展现为解读一个生命的密码。但丁的一些人物，其生命可以是几行三韵句，然而这生命却是永恒的。他们生活在一句话、

1　原文为意大利文。

一个动作里，便不再细说。他们是歌的一部分，但这部分是永恒的。他们仍然活着，并且在人们的记忆中和想象中不断地更新着。

卡莱尔说但丁有两大特点。当然还有更多的特点，但是有两条是主要的：柔情和严厉（柔情和严厉并不矛盾，并不冲突）。一方面是但丁的柔情，即莎士比亚所说的 the milk of human kindness。另一方面是他知道我们是一个严厉世界的居民，这个世界得有秩序。这个秩序属于大写的它，是属于第三对话者[1]的。

让我们一起回忆两个例子。我们来看一下《地狱篇》中最著名的故事，这是第五歌，是关于保罗和弗朗切斯卡的。我不想缩略但丁所说过的话——他用意大利语说定了的，我再用别的话说出来，这是我的大不敬。我只是想回顾一下当时的情景。

但丁和维吉尔来到第二层（如果我没有记错的话），看到杂乱的灵魂之群，感受到罪孽的污秽、惩罚的恶臭，见到令

---

1 指上帝。

人恶心的场面。比如弥诺斯，它卷动自己的尾巴以表示被打入地狱的人应该下到哪一层去。这是非常寒心的，因为可以想见，地狱里不会有美可言。当他们来到淫荡鬼服罪的那一层时，有许多显赫的大人物。我说"大人物"是因为但丁开始写时，他的艺术还没有达到完美，还没有让他的人物超出他们的名字。然而，这一点正好帮助他描写了高贵城堡。

我们看到了古代伟大的诗人。其中有手持利剑的荷马。他们谈论了一会儿，要我来重复那些话是不诚实的。一片寂静，因为一切都与被打入地狱外圈的人、永远看不到上帝的面孔的人心中那可怖的廉耻心牵扯着。当我们读到第五歌时，但丁有了重大发现：死者的灵魂可以与自己对话，但丁将按照他的方式来感受、来判决这些死者。不，他不能给他们判决：他知道他不是审判者，审判者是大写的它，是第三对话者，是上帝。

于是，荷马、柏拉图等著名的伟人都在那里。但是，但丁看到两个不认识的人，他们没那么出名，是当代的：保罗和弗朗切斯卡。他知道这两个通奸鬼是怎么死的。他叫了他们俩，他们就走过来了。但丁给我们说：那些为欲望驱使的鸽子[1]。我们面前是两个被打入地狱的人，但丁把他们比作为欲望所驱使的两只鸽子，因为耽于声色也应该算是舞台的核心之一。他们走近他，只有弗朗切斯卡能讲话（保罗已不能讲话）。他们感谢他招呼他们俩，并说了这样一些话："如果宇宙之王（称宇宙之王是因为她不能称上帝，上帝一词对于在地狱和炼狱的人是禁用的）是朋友，我们要祈求它保佑你平安。"[2]因为你怜悯我们的罪孽。

弗朗切斯卡讲述了他们的故事，讲了两遍。第一遍讲时她有所保留，但是强调她依然爱着保罗。在地狱是不允许后悔的。她知道犯了罪孽并忠实地服罪，这是了不起的英雄之举。后悔所发生的一切才是可怕的。弗朗切斯卡认为惩罚是公正的，她接受并继续爱着保罗。

但丁觉得很好奇。爱情把我们引向死亡。[3]保罗和弗朗切斯卡是一起被杀的。对于通奸，对于他俩如何被发现又如何被处决的经过，但丁一概没有兴趣；他感兴趣的是一种更加深刻的东西，即想知道他俩怎么知道他们已经相爱，如何相

─────────────

1 2 3　原文为意大利文。

爱，以及他们甜蜜的叹息时刻又是如何到来的。于是他就问他们。

撇开我现在谈的话题，我想提一下一首诗，也许这是莱奥波尔多·卢贡内斯最好的诗句。毫无疑问，这是在《地狱篇》第五歌的启发下写成的。这是《幸运的灵魂》中的头四句，是一九二二年《金色的时刻》十四行诗诗集中的一首：

> 那天下午快到末梢，
> 我正习惯地向你说再见，
> 一种要离开你时模糊的痛苦，
> 让我懂得我已经爱上了你。

蹩脚一点的诗人也许会说，一位男子在离开一位女子时感到非常痛苦，会说他们很少见面。但是这里，"我正习惯地向你说再见"这一句是笨拙的，但是没有关系，因为"习惯地向你说再见"就表明他俩常见面，接下来又说"一种要离开你时模糊的痛苦，/让我懂得我已经爱上了你"。

这实际上同第五歌是一样的主题：两个人发现他们已经相爱，而过去他们不知道。这就是但丁想知道的，想要她讲讲是怎么回事。她说，有一天，为了消遣，他俩读着书，是关于朗斯洛的，讲爱情如何折磨他。这时就他们两个人，谁也没有怀疑什么。什么叫做谁也没有怀疑什么，就是说他们没有想过他们已经相爱。他们在读着《亚瑟王传说》。这是英国人入侵后，住在法国的英国人编造的那种故事书。这种书曾经哺育过阿隆索·吉哈诺的疯狂，也曾启发过保罗和弗朗切斯卡罪孽的爱情。于是，弗朗切斯卡坦诚地说，他们时常为此脸红，但是有那么一个时刻，当我们看到期望的微笑时，[1] 我被这个有情人吻了，他永远不会离开我，他吻了我的嘴唇，颤抖地[2]。

有件事但丁没有说，但是在整个故事过程中能感觉到，也许更使其增色。但丁怀着无限的同情给我们讲了这两位情人的命运，以至于我们感到他羡慕他们的命运。保罗和弗朗切斯卡留在地狱，而他将被拯救，但是他们俩相爱，而他却

---

1 2　原文为意大利文。

没有得到他所爱女人贝雅特里齐的爱。这里也有一种虚荣，但丁应该感到这是很可怕的事，因为他已经与她分离，而这两个被打入地狱的人却在一起，他们不能和彼此讲话，毫无希望地在黑色旋涡里转悠。但丁甚至没有告诉我们他们俩的苦难会不会终止，但是他们在一起。当她讲话时，她用"我们"：她为他们俩说话，这是他们在一起的另一种方式。他们永恒地在一起，共享着地狱。这对于但丁来说简直是天国的佳运。

我们知道他很激动。后来他像断了气一般昏晕倒地。

每个人在其生活的一瞬间就永远地定了位，在这个瞬间，一个人永远地跟自己相遇了。说但丁谴责弗朗切斯卡是太残酷了点，那是因为不知道大写的第三个角色的缘故。上帝的判决并不都符合但丁的感情。那些不理解《神曲》的人说，但丁写它是为了向其敌人报仇并奖赏其朋友。大错特错。尼采极其错误地说但丁是个在坟墓间作诗的鬣狗。鬣狗作诗是矛盾的。另一方面，但丁不会以痛苦为乐。他知道有不可原谅的罪孽，大罪孽。他在每一种罪孽里选择了一个代表性人物，但是他们的其他方面却是令人钦佩或者值得赞赏的。弗朗切斯卡和保罗只是淫荡，没有别的罪孽，但是一个罪孽就足以判决他们。

上帝是难以理解的，这是我们在其他重要书籍中早就看到的观念。你们该记得在《约伯记》中，约伯如何谴责上帝，而他的朋友又怎么为上帝辩护，到最后，上帝又怎么站出来，既斥责为他辩护的人又斥责谴责他的人。

上帝总是超出人们的种种想法，为了帮助我们理解这一点，他引用了两个特别的例子：鲸鱼和大象。他找出这些恶魔以说明对我们而言，它们与利维坦和比蒙（在希伯来语中这两个词是复数，意味着许多怪兽）同样狰狞可怕。上帝总是超出人类所有的判断，他在《约伯记》中就是这么说的。人类在它的面前自取其辱，因为他们竟敢评判它、为它开脱。这些都不需要。正如尼采所说，上帝超出一切善与恶。这是另一个范畴。

如果说但丁总是跟他想象的上帝一致，那他看到的不过是一个假上帝，只是但丁的翻版。然而但丁必须接受这个上帝，就像必须接受贝雅特里齐不爱他一样；必须接受佛罗伦萨粗鄙不堪，就像必须接受他被驱逐并死在拉韦纳的现实。必须接受世界上的罪恶，同时又必须赞美这个他不明白的上帝。

在《神曲》中少了一个人物，因为太人情化而不能出现。这个人物就是耶稣，他没有像《福音书》中那样出现在《神曲》之中：《福音书》中的耶稣不能成为《神曲》所要求的三位一体中的第二人。

最后，我要谈第二个故事。对我来说，这是《神曲》的最高潮。这是第二十六歌，是关于尤利西斯的故事。我曾写过一篇题为《奥德赛之谜》的文章。发表了，但后来丢了。现在我想重新回忆起来。我认为这是《神曲》故事中最让人费解的部分，也许还是最够劲的篇章。不过议论巅峰时很难知道哪个最高，尤其是《神曲》到处都是巅峰。

在首次报告会上我就选择了《神曲》，那是因为我是一个文人。我认为文学及一切书籍的顶峰就是《神曲》。这并不是说我同意它的神学观念，也不是说我同意它的神话传说，即基督教和非基督教相混杂的神话。不是这个问题。我要说的是没有哪一本书曾给过我如此强烈的美学震撼。我是个享乐派读者，再说一遍，我是在书中寻找震撼的。

《神曲》是我们每个人都应该读的。不读这本书就是剥夺了我们享用文学所能给予我们的最高礼物的权利，就是让我们承受一种古怪的禁欲主义。为什么我们要拒绝阅读《神曲》所带来的幸福？况且它并不是很难读的。难读的倒是那些阅读背后的东西：各种观点、争论，但是书本身如同水晶般剔透。中心人物但丁就在那里。他也许是文学中最活生生的人物，还有其他一些人物，不过我还是要回到尤利西斯。

他们来到一个深坑。我想大概是第八坑吧，即蒙骗鬼坑。有一句责骂佛罗伦萨的话，说它的名声在天地间振翅腾飞，一直传到地狱[1]。后来他们从高处看到许许多多的火堆。在这些火堆、火焰的深处可以看到蒙骗鬼隐蔽的灵魂。说隐蔽是因为它们躲藏着。火焰在移动。但丁快要倒下了，维吉尔扶住他。维吉尔在讲话，在谈着火焰深处的人们。维吉尔提到了两个伟人的名字：尤利西斯和狄俄墨得斯。他们俩是因为策划了曾经使希腊人得以进入围城的特洛伊木马阴谋而呆在

1　语出《神曲·地狱篇》第二十六歌："佛罗伦萨呀，你喜欢罢！因为你已经大得了不得，在海上，在陆上，你的名字飞扬着，就是在地狱里面，到处也散布着呢！"参见王维克译文。

那里的。

尤利西斯和狄俄墨得斯在那里，但丁想认识一下他们。他对维吉尔讲了想跟这两位古代伟人交谈的愿望。他们显然是古代的伟大英雄。维吉尔同意但丁的想法，不过要让自己出面与他们交谈，因为这两位希腊人是很高傲的。但丁最好别讲话。关于这一点有许多不同的解释。托尔夸托·塔索认为维吉尔是想假扮成荷马。这种猜测是非常荒唐的，与维吉尔也不相称，因为维吉尔曾赞美过尤利西斯和狄俄墨得斯。如果说但丁认识他们俩，那正是因为维吉尔的关系。我们可以忘却所谓但丁因为是埃涅阿斯的后代，或因为是希腊人瞧不起的野蛮人而被藐视的种种假设。维吉尔像尤利西斯和狄俄墨得斯一样，是但丁的一个梦。但丁梦见他们，而且是那么强烈，那么活生生，甚至认为这些梦（正是他给梦以嗓音，给梦以形式）会藐视他，藐视他这个还没有写成《神曲》的无名之辈。

但丁像我们一样入了戏：但丁也被《神曲》蒙骗了。他在想：这两位是古代赫赫有名的英雄，而我什么也不是，只是个可怜虫。他们为什么要理睬我对他们讲的话呢？于是维吉尔请他们俩谈谈是如何死的。看不到身影的尤利西斯开口了。他在火焰中，没有露出脸面。

现在我们要讲到惊人的地方，这就是但丁创造的神话。它超出了《奥德赛》和《埃涅阿斯纪》的许多神话，也超出了另一部讲到尤利西斯的书，正如《辛伯达航海旅行记》超越了《一千零一夜》。

这个传说故事是好几件事对但丁影响的结果。首先是但丁相信里斯本为尤利西斯所创建，其次是相信大西洋上有极乐岛：例如，有一个岛上有一条通天河，河里尽是游鱼、船只，却不会倒翻在地上；例如，有一个会旋转的火岛；再比如，有一个岛上，一条铜灰狗在追逐银鹿。所有这些，但丁自然早有所闻。重要的是他对这些传说所做的加工，他创造了十分崇高的内涵。

尤利西斯斯告别爱妻珀涅罗珀后，召集起他的人马。他对他们说，尽管他们年老困乏，但是已经跟着他战胜了千难万险。他向他们提出了一项崇高的事业，即翻越赫拉克勒斯之柱，横跨浩瀚的大海去认识南半球。当时人们认为南半球都是水，不知道那边有人居住。他说他们是人，而不是畜牲。他们是因为勇气、因为知识而出生的，生来就是为了认识、为了理解事物。就这样大家都跟着他，"以划桨作翅膀"……

奇怪的是这个比喻在但丁不可能知道的《奥德赛》中也有。于是，他们乘船远航了，把休达和塞维利亚抛到了后面。他们进入了辽阔的海域，向左转弯。在《神曲》中，向左转、"在左边"即意味着恶。上升到炼狱走右边，下降到地狱走左边。这就是说"左边"是个双关语，一词双义。接下来又给我们说"晚上，看着另一个半球的满天星星"——这正是我们的半球，满天繁星的南半球。（伟大的爱尔兰诗人叶芝曾提到 starladen sky，曾谈起"布满星星的天空"，其实这在北半球是不真实的，那里的星星与我们的相比要少得多。）

他们远航了五个月，最后终于看到了陆地。他们看到的是一座因为遥远而显棕褐色的大山，比他们所见过的山都要高。尤利西斯说，欢呼声很快变成了哭喊声，因为从地上刮来一阵旋风，船沉了。根据另一歌中所述，这座山就是炼狱山。但丁认为炼狱（因为诗歌的需要，但丁假装相信这一点）就是耶路撒冷的对跖点。

就这样，我们到了这个可怕的时刻，我们问为什么尤利西斯要受惩罚。显然不是因为特洛伊木马阴谋，因为这是他生命的高峰。但丁所认为的，我们所认为的乃是另一个，即那个无私无畏地渴望认识被禁止且不可能事物的企图。我们会思考这一歌为什么有那么大力量。在回答之前我想提醒一件事。据我所知，这件事至今尚未被人提到。

这是另一部巨著中讲到的。这是我们时代的伟大诗篇，赫尔曼·梅尔维尔的《白鲸》。他想必通过朗费罗版译本了解到《神曲》。它讲到跛腿船长埃哈伯的一个疯狂的事业，他要向白鲸报仇。最后他找到了白鲸，结果白鲸把船拽入海底。这部伟大小说完全符合但丁诗歌中的结局：大海在他们的头顶上封了起来。梅尔维尔写到那里一定想起了《神曲》。尽管我倾向于认为他读过《神曲》，但是他完全吸收了，甚至可以从字面上忘掉它，使我觉得《神曲》成为了他的一部分，只是他重新发现了他多年前读过的故事，但故事是同一个，只不过埃哈伯不是受崇高精神而是受复仇欲望的驱动罢了。相反，尤利西斯的一举一动配得上人类最伟大的人，而且尤利西斯使人想到一个正义的理由，它与智慧联系在一起，却受到了惩罚。

这个故事中悲惨的遭遇到底是什么道理？我认为有一个解释，这是唯一有价值的解释，那就是：但丁感到尤利西斯在某种程度上就是他自己。我不知道他是否自觉地感受到这一点，这也无所谓。在《神曲》某节的三韵句中说：谁也不能被允许知道天意。我们也不能提前知道天意，谁也不能知道谁将被罚，谁将被救。但是他竟然妄为地以诗歌的方式提前泄露天意。他向我们显示了谁被罚又显示了谁被救。他应该知道这样做是很危险的；他不可能不知道他在提前觉察不能明辨的天意。

因此，尤利西斯这个人物拥有其力量，因为尤利西斯就是但丁的镜子，因为但丁感到也许是他应该受到这种惩罚。诚然，他写了诗，但是不论是非如何，他正在触犯黑夜、上帝和神明深奥的戒律。

我讲话快要结束了。我只是想强调一点，谁也没有权利放弃这样一种幸福，即真诚地阅读《神曲》。接下来才是那些评论，弄明白每一个神话故事指的是什么，还有但丁是如何借用维吉尔的伟大诗句，甚至他如何在翻译中把它改得更好的。开始时我们应该以童心去读这本书，全身心地投入它，它就会陪我们到最后。这么多年来，它就是这样陪伴着我。我知道，哪怕明天我再打开这本书，我也会发现我现在还未能发现的东西。我知道，这本书将远远超出我的不眠之夜，也超出我们大家的不眠之夜。

梦　魇

梦是属，梦魇是种。我将先谈梦，再谈梦魇。

这些天我在重读心理学方面的书。我感到特别的失望。所有这些书都是谈论梦的机制或是梦的主题（待会儿我可以解释为什么这么说），就是不谈（我本来所希望的）做梦的惊人之处，做梦的古怪之处。

在一本我非常赞赏的心理学书——古斯塔夫·斯皮勒所著的《人的意识》——中说，梦属于大脑活动中最低级的层次（我自己觉得这是一个错误），还大谈梦中故事如何杂乱无章，没有连贯性等等。我想提一下（但愿我这里能回忆得起来，能背出来）格鲁萨克及其令人钦佩的研究文章《论梦》。这篇文章在《精神旅行集》的末尾，我想是第二卷，格鲁萨克说，在穿越过梦中的阴影和迷宫之后，每天早晨我们神志正常——或者说比较正常——地醒来，实在是令人惊讶不已。

梦的测试特别困难。我们不能直接测试梦，却可以谈论梦的回忆，也许梦的回忆并不直接与梦吻合。十八世纪伟大的作家托马斯·布朗[1]认为我们对梦的回忆要比灿烂的现实逊色得多。不过，另一些人则认为我们能改进梦：如果我们认为梦是想象的结果（我认为是这样），那么也许在我们醒来时或者在后来讲梦的时候，我们在继续编着故事。现在我想起邓恩的《时间试验》一书。我并不同意他的理论，但是他的理论是如此精彩，因此值得回顾一下。

不过在此之前，为了简要说明这个理论，我想提一下波伊提乌的大作《哲学的慰藉》（我从一本书跳到另一本书，我的记忆超过我的思路）。这本书，毫无疑问，但丁是读了又读的，就像他读了又读中世纪所有文学一样。波伊提乌，被称作最后一位罗马人的元老院议员的他设想了一位跑马比赛观众的情况。

1　Thomas Browne（1605—1682），英国作家、医生，著有《一个医生的宗教信仰》。1671 年受封爵士。博尔赫斯说他属 18 世纪，不确切。

这位观众在跑马场，从看台上观看马匹出发和奔跑中的磨难，看到其中一匹跑到了终点。一切都是连续的。然后波伊提乌设想了另一位观众。这位观众是前面那位观众以及跑马比赛的观众：可以想见，这就是上帝。上帝观看了整个跑马比赛，在一个永恒的瞬间，在其短暂的永恒中，上帝看到了起跑、途中磨难、抵达终点。这一切它一目了然，就像它看整个宇宙的历史那样。于是，波伊提乌拯救了两个观念：一个是自由意志，一个是上帝意志。就像那位观众看了跑马的全过程（虽然他是连续地看），但并没有干预跑马一样，上帝也看了人的全部历程，从摇篮到坟墓。它没有干预我们做的事，我们自由行事，但是上帝已经知道——比如现在，上帝已经知道——我们的最终命运。上帝就是这样看着宇宙的历史，看着宇宙历史上发生的件件事情。所有这一切它是在光彩夺目、令人眼花缭乱的瞬间，即永恒中看到的。

邓恩是本世纪的英国作家，我没有见过比他的《时间试验》更有趣的书名。书中他设想我们每个人都拥有某种低微的个人永恒：我们每个晚上都拥有这种低微的永恒。今天星期三，晚上我们要睡觉，我们要做梦。我们梦见星期三，梦见第二天，即星期四，说不定梦见星期五，说不定星期二……通过梦给每个人一段小小的个人永恒，允许他看到自己最近的过去和最近的将来。

所有这一切，做梦的人瞥一眼就能看到，就像上帝从其广漠的永恒看到宇宙间的一切过程一样。醒来时又将会怎么样？因为我们习惯于延续不断的生活，我们会给我们的梦以叙事结构；然而我们的梦是多重的，是同时发生的。

我们来看一个很简单的例子。假定我做梦见到一个男人，只是一个男人的形象（是一个很差劲的梦），后来，紧接着，又见到一棵树的形象。醒来时，我会给这如此简单的梦添加本不属于它的复杂性，我会想我梦见一个男人变成一棵树，他是一棵树。我修改了事实，我已经在编故事了。

我们不能确切地知道梦中发生的事情：梦中我们可能在天上，可能在地狱，也许我们成了什么什么人，这个人就是莎士比亚所说 the thing I am，我即彼物，也许我们是我们，也许我们是神灵，这一切不是不可能的。醒来时这些都忘了。我们只能分析对梦的回忆，可怜的回忆。

我也读过弗雷泽，一位十分有天分的作家，但同时他又十分容易轻信，因为看来他相信旅行者给他讲的一切事情。根据弗雷泽的说法，野蛮人不分醒时与梦时。对他们来说，梦只是醒时的片断插曲。所以，根据弗雷泽，或者说根据弗雷泽读过的旅行者的说法，一个野蛮人梦中进入一片树林并杀死一头狮子；醒来时，他以为他的灵魂曾离开他的躯体，并在梦中杀死了一头狮子。或者，如果我们想让事物更加复杂一点的话，我们可以假定他杀死了出现狮子的梦。这一切都是可能的，而且，野蛮人的这种想法自然与那些不能很好区别醒时与梦时的孩子的想法不谋而合。

我想谈一件个人的往事。我有一个外甥，那时只有五六岁——日期我总是记不住的——每天早上要给我讲他的梦。我记得有一天早上（他坐在地上），我问他梦见什么啦。他知道我有这个嗜好，便很乖地对我说："昨天我梦见自己在树林里迷路了。我很害怕，但是我来到一块空地上，那里有一幢白房子，是木头的，有个楼梯环抱着，台阶像走道一样，还有一扇门，你从那扇门里走出来。"他突然停住，问我："你说，你在那座房子里干什么呀？"

对于他来说，醒与梦是在同一平面上发生的。这把我们带入另一个假设，带入神秘主义者的假设，带入形而上学者的假设，带入了相反的，但是与之相混杂的假设。

对于野蛮人或者说对于孩子来说，梦是醒时的片断插曲。对于诗人和神秘主义者来说，醒时也不是不可能成为一个梦。这一点，卡尔德隆曾经简明扼要地说过：生命乃梦。莎士比亚在讲这一点时要形象一点："我们是用与我们的梦相同的材料做成的。"奥地利诗人瓦尔特[1]在讲述这一点时非常高明，他自问道（我先用我蹩脚的德语，再用我好一点的西班牙语来讲）：Ist es mein Leben geträumt oder ist es wahr？我梦见了我的生活，还是它本来就是梦？他不能肯定。这自然就把我们带入了唯我主义；带入一种怀疑，即只有一个做梦的人，这个人就是我们中的每一位。这个做梦的人——假设我就是那个人——现在正在梦见你们，梦见这个大厅，梦见这个报告会。只有一位做梦的人，这个做梦的人梦见宇宙的一切过程，梦见宇宙过去的全部历史，甚至梦见他的童年，他的青少年。可能这一切什么也没发生：到现在才开始存在，开始

---

1 Walther von der Vogelweide（约1170—1230），中古德语抒情诗人，宫廷骑士爱情诗的主要代表人物之一。

做梦。是我们中的每一个人，不是我们整体，是每一个人。现在我就在做梦，我在查尔卡斯大街做着报告，我在寻找主题——也许我未能找到——，我梦见你们，但不是事实。你们每一个人都在梦见我，梦见别人。

我们有这么两种想象：一种是认为梦是醒时的一部分；另一种则是诗人的光彩耀眼的想象，即认为所有的醒时都是梦。两者之间没有什么区别。格鲁萨克的文章也体现了这种想法：我们的大脑活动没有区别。我们可以是醒着，也可以是睡着、梦着，而我们的大脑活动是一样的。他引用的恰恰是莎士比亚的那句话："我们是用与我们的梦相同的材料做成的。"

还有一个题目不可回避：预言性质的梦。梦符合现实，这种想法属于先进的想法，因为我们今天在区别两个层面。

在《奥德赛》中有个篇章讲到两扇门，即牛角门和象牙门。虚假的梦是通过象牙门来到人脑的，而通过牛角门来到的梦则是真实的，或是预言性的梦。在《埃涅阿斯纪》有一卷（这引起过无数评论）：在第九卷，还是第十一卷，我记不清了，埃涅阿斯下到极乐世界，在赫拉克勒斯之柱那边。他跟阿喀琉斯、提瑞西阿斯等大人物的鬼魂交谈，他看到他母亲的鬼魂，他想拥抱她，但不能，因为她是个鬼魂。他还看到了他将要创建的伟大城市。他看到罗慕路斯、雷穆斯和一片旷野。他还看到这片旷野上未来的罗马广场（即古罗马广场），未来伟大的罗马城，伟大的奥古斯都时代，看到了整个帝国的辉煌。在见过这一切并同埃涅阿斯未来的同时代人交谈后，埃涅阿斯又回到了地球。于是发生了稀奇古怪的事，未能解释得通的事，只有一位无名评论家，我认为他找到了真相。埃涅阿斯是从象牙门而不是从牛角门回来的。为什么？这位评论家告诉了我们为什么：因为我们确实不在现实之中。对维吉尔来说，真正的世界可能是柏拉图式的世界，一个原型的世界。埃涅阿斯穿过象牙门，是因为他进入了梦的世界——也就是说，进入了我们所说的醒。

总之，这一切都是有可能的。

现在我们要来谈谈种的问题，即谈谈梦魇。回顾一下梦魇这个名称不无用处。

西班牙文的说法[1]不够刺激，它用的是指小词，似乎减

_____

1　即 pesadilla。

弱了力量。在其他语言中用的名称要强得多。在希腊语中用 efialtes，意为让人做噩梦的魔鬼。在拉丁文中有 incubus，意为压迫睡者使其做噩梦的魔鬼。在德语中有一个词很怪：Alp，意为小精灵，也指小精灵压迫睡者，也是让人做噩梦的魔鬼的意思。有那么一幅图景，是德·昆西看见的，他是文坛伟大的梦魇构造人之一。这是富塞利或者富兹利（这是其真名，十八世纪瑞士画家）的一幅画，名为《梦魇》。画中一位姑娘躺着，醒来惊恐万状，因为她看到自己的肚子上躺着一个小小、黑黑而险恶的魔鬼。这个魔鬼就是梦魇。富兹利画这幅画时就是想着 Alp 一词，想着小精灵的压迫。

现在我们来谈谈更智慧而含糊的说法，这就是英文中的梦魇一词：nightmare，对我们来说是"晚间的牝马"。莎士比亚是这么理解的。他有一句诗说"I met the night mare"（我遇见了那晚间的牝马），可见他把梦魇想成牝马。另有一诗则干脆说"the nightmare and her nine foals"（梦魇与其九马驹），这里也把梦魇看成牝马。

但是根据词源学者的说法，它们的词根是不同的。词根应该是 niht mare 或者 niht maere（晚间的魔鬼）。约翰逊博士在其著名的词典中说这符合北欧日耳曼人的神话，即符合我们所说的撒克逊人的神话，认为梦魇是恶魔所为，这一点也许是一种翻译，恰与希腊语的 efialtes 或者拉丁语的 incubus 相一致。

还有一种说法会对我们有用，它把 nightmare 这个英语单词与德语的 Märchen 相联系。Märchen 意为"童话、神仙故事、幻想"，而 nightmare 可以是晚间的幻想。于是，将 nightmare 想象成"晚间的牝马"（"晚间的牝马"含有某种可怖的成分），对于维克多·雨果来说则是一种馈赠。雨果懂英文，写了一本太容易被人遗忘的关于莎士比亚的书。在一首诗中，我想是《静观集》吧，谈到 le cheval noir de la nuit（晚间的黑马），即梦魇。毫无疑问，他想到了那个英语单词 nightmare。

既然我们看了这些不同的词源，我们再来看看法语中的 cauchemar，无疑它与英语 nightmare 有关。在所有这些词语（后面我再谈）中有来自魔鬼的意思，魔鬼造成梦魇的想法。我觉得这不是一种简单的迷信；我觉得——我是非常真诚而坦率地讲的——这种观念有某种真实的成分。

让我们进入梦魇，我的梦魇总是老一套。我要说我有两个梦魇，常常会混淆。一个是迷宫梦魇，部分原因是我小时候在一本法文书中见过一幅钢版画。这幅版画中画有世界奇迹，其中包括克里特岛的迷宫。这个迷宫是一个巨大的竞技场。一个非常高大的竞技场（这是因为它比画面上那些柏树及其周围的人还要高）。在这个被险恶地封闭的建筑物上有些裂口。我小时候认为（或者说我现在相信我曾那样认为过），如果我能有一个足够强大的放大镜，我就可以透过版画上的一个裂口，看到那迷宫中央可怖的半人半牛怪物。

另一个是我的镜子梦魇。这两者没什么不同，因为只要两面相对立的镜子就可以形成一个迷宫。我记得在多拉·德·阿尔韦亚尔家里看到有一个环形房间，墙壁和门都是镜子，所以谁进了这间房子，就站在了无穷无尽的迷宫中央。

我经常梦见迷宫或者镜子。在镜子梦中会出现另一番情景，我晚间的另一种恐惧，那就是种种假面具。我总是害怕假面具。小时候我总是认为如果某人戴假面具，那肯定他在掩盖某种骇人的东西。有时我看到自己映在镜子里，但是我看到自己戴着假面具。我害怕摘去它，因为我害怕看到自己真实的面孔，我想一定是不堪入目的，可能是麻风病，或是比我的任何想象还要可怕的疾病或别的什么东西。

我的梦魇有一个奇怪的特点，不知道你们是否与我有同感，那就是地点非常确切。比方说，我总是梦见布宜诺斯艾利斯的某几个街角，例如，拉普里达街和阿雷纳莱斯街拐角，或者巴尔卡塞街和智利街拐角。我精确地知道自己在什么地方，知道自己要到一个很远的地方去。这些地方在梦中有着确切的地形，但是完全不同。可以是山涧隘口，可以是茫茫沼泽，也可以是热带丛林，这些都无所谓：我精确地知道我是在布宜诺斯艾利斯的某个街角，想找到我的路。

不管怎么说，在梦魇中重要的不是形象。正如柯尔律治——我就是要引用诗人的例子——所发现的，重要的是梦所产生的印象。形象是次要的，只是效果问题。开头时我说过，我读了许多心理学著作，但我没发现有诗人的文章，他们是特别睿智的。

我们来看看佩特罗尼乌斯[1]的一篇。他有一诗句被艾迪生引用过，说灵魂离开了躯体的重负便开始游荡。"灵魂，没有了躯体，游荡。"而贡戈拉在一首十四行诗中则准确地阐述了这样一个观点：梦和梦魇当然都是幻想，都是文学创作：

> 梦，重演的作者，
> 在清风上架起的剧场里，
> 让鬼魂穿上美丽的外衣。

梦是一种重演。十八世纪初艾迪生在《旁观者》杂志上发表的一篇佳作中重提了这个想法。

我引述过托马斯·布朗，他说梦给我们提供了我们灵魂的某种精华意念，因为灵魂游离于躯体，可以自由游荡和做梦。他认为灵魂享受自由。艾迪生说，灵魂游离于躯体之外时确实能想象，能比醒时更加自由地想象。他还说，在灵魂

1 Gaius Petronius Arbiter（活跃于公元 1 世纪），罗马作家，一般认为他是《萨蒂利孔》的作者，被塔西佗称为"尼禄宫廷起居郎"，后自杀。

（现在我们要说思想，不大用灵魂一词）的一切活动中，最难的就是创造。然而在梦中我们创造的速度那么快，以至于我们把我们的思想与我们正在创造的东西搞错。我们梦中读一本书，而事实是我们在不知不觉地创造书中的每一个词语，却觉得奇怪陌生。我注意到在许多梦中都有这种先期的工作，可以说让我们做好准备。

我记得我做过的一个梦。我知道是发生在塞拉诺大街，我想是塞拉诺街和索莱尔街之间，只不过不像塞拉诺街和索莱尔街，那景色很不一样，但是我知道是在巴勒莫区的老塞拉诺大街。我跟一个朋友在一起，不清楚是哪位朋友：我见到他全变了样。我从来没有见过他的脸，但是我知道他的脸不可能是这个样子。他全变了，显得很悲伤。他的脸充满着烦忧、病态，说不定还有负疚的痕迹。他的右手插在西服口袋里（这一点在梦中很重要）。看不见他的手，在心脏一边，被遮住了。于是我拥抱了他，感觉到他正需要帮助："我可怜的某先生，你怎么啦？你变得多厉害呀！"他回答我说："是的，我确实变了。"他缓慢地抽着手。我看到原来是鸟爪。

奇怪的是那个人从一开始就把手藏着。我不知不觉中为这么一个创造做铺垫：一个有鸟爪的人，你瞧他的变化有多可怕，他的不幸遭遇有多可怕，因为他在变成一只鸟。梦中还有这样的事，有人问我们而我们不知道怎么回答；他们给我们答案，而我们莫名其妙。那回答可以是很荒唐的，但是在梦中是很准确的。这一切我们都造出来了。我得出了这么一个结论，不知道是否科学，这就是：梦乃是最古老的美学活动。

我们知道动物会做梦。有些拉丁文诗句谈到猎兔狗在梦中追赶野兔时也会狂吠起来。所以我们在梦中会有最古老的美学活动。奇怪的是梦的戏剧属性。我想补充一下艾迪生关于梦是重演作者的说法（无意中证实了贡戈拉）。艾迪生认为在梦中我们既是剧场、观众、演员，又是情节和我们听到的台词。一切都是我们无意中创造，而且都比现实中常见的更加生动。有些人的梦很单薄，十分模糊（至少有人对我说过）。我的梦很生动。

让我们再回到柯尔律治。他说我们做什么梦没关系，反正梦会去寻找解释。他举了一个例子：说这里出现一头狮子，我们大家都很害怕，这是狮子的形象造成的。这就是说，我躺着，醒来看到一个动物坐到了我身上，我很害怕。但是在梦中，情况相反。我们会感到一种压抑，这压抑便会去寻找解释，于是我会荒唐而又活生生地梦见一座狮身人面像压在我身上。狮身人面像并不是恐惧的原因，而是在解释我们感受到的那种压抑。柯尔律治还说，用虚构的鬼去吓一些人，他们会发疯的；然而一个人在梦中见到一个鬼，他便醒了，几分钟或者几秒钟便能恢复镇静。

我做过许许多多的噩梦，我现在也做。最可怕的梦魇，我认为最可怖的，我已经把它写进了一首十四行诗。事情是这样的：我在自己的房间里，天快亮了（有可能是做梦的时间），床头站着一位国王，一位很古老的国王，梦中我知道那是北方挪威的一位国王。他并不在看我，只是瞎眼盯着天花板。我知道他是很古老的国王，因为今天不可能有他这样的脸。我感到十分害怕。我看得见国王，看得见他的宝剑和他的狗。后来我醒了。但我好一会儿依然看得见国王，因为他留给我很深的印象。讲起来我的梦什么也不是，可梦中是很可怖的。

我想给你们讲一讲这几天苏莎娜·邦巴尔讲给我听的梦魇。我不知道讲起来有没有效果，可能没有。她梦见自己在一个圆顶的房间里，上端在迷雾之中。从迷雾中垂下一段破破烂烂的黑布。她手中拿着一把不太好用的大剪刀。她必须剪去布上拖下来的很多很多的毛边线头。她看见的有一米五宽、一米五长，其余的消失在上端的迷雾中。她剪着，剪着，知道永无完日。她有一种非常可怖的感觉，这是梦魇，因为梦魇首先就是恐怖的感觉。

我讲了两个真实的梦魇故事，现在我要讲两个文学里的梦魇故事，可能也是真实的。上次报告会上我讲了但丁，我提到地狱的高贵城堡。但丁讲他如何在维吉尔的带领下来到第一层，看到维吉尔脸色苍白。他想，如果维吉尔进入地狱——他永恒的寓所时尚且脸色苍白，我怎么会不觉得害怕呢？他就跟胆战心惊的维吉尔说了。但是维吉尔坚持对他说："我走在头里。"于是，他们去了。他们是突如其来地进入的，因为他们还听到了无数哀叹声。不过这些哀叹声不属于肉体的痛苦，而意味着还要严重得多。

他们来到一座高贵城堡，来到一座 nobile castello。周围由七堵城墙包围着，这可能是指 trivium[1] 和 quadrivium[2] 的七种自由艺术，或是七种美德，没有什么关系。也许是但丁感觉到这数字有魔力吧，只要有这个数字，这数字自然会有许多解释。于是谈论起一条消失的小溪，一块同样消失的清新绿地。当他们走近时，看到的却是琺琅。他们看到的不是有生命力的草地，而是一种没有生命的东西。有四个身影走近他们，乃是古代伟大诗人的身影。手持利剑的荷马在那里，奥维德在那里，卢坎在那里，贺拉斯也在那里。维吉尔叫但丁向荷马问候。但丁对荷马非常崇敬，但从来没有读过荷马。于是他就说：尊敬的至上诗圣。荷马走上前来，手持利剑，接纳但丁成为他们中的第六位。但丁那时还没有写完《神曲》，那时他正在写，但是他知道能写好。

后来他们给他讲的一些事情不便重复。我们可以考虑这是佛罗伦萨人的一种面子吧，但是我认为其中还有更为深刻的原因。他们是在谈论住在高贵城堡里的人：那里住着异教徒大人物，穆斯林大人物也在那里，大家都缓慢而斯文地谈

1　拉丁文，指中世纪三学科：语法、修辞和逻辑。
2　拉丁文，指中世纪四大高级学科：算术、几何、音乐和天文。

着，显出大权威的面孔，但是他们都没有上帝。那里没有上帝，他们知道他们注定要在这永恒的城堡住下去，这是个既永恒又体面，但也很可怖的城堡。

学问人士之师亚里士多德在那里，前苏格拉底哲学家在那里，柏拉图在那里，大苏丹萨拉丁[1]也在那里，他是一个人单独在一边。所有因为没有洗过礼而没有被拯救的异教徒大人物都在那里，他们没有能被上帝拯救。维吉尔谈过上帝，但是在地狱里他不能提它的名字，他把它称为"大能者"。我们可以认为但丁还没有发现他的戏剧才能，他不知道可以让他的人物讲话。我们也许会抱怨但丁，他没有把手持利剑的荷马给他讲的那些肯定很有价值的伟言警语重复给我们听。但是我们同样可以感到但丁很明白，那城堡里最好还是一片沉寂，一切都那么可怖。他跟大人物谈话。但丁列举他们的名字：跟塞内加谈过，跟柏拉图、亚里士多德、萨拉丁、阿威罗伊[2]谈过。他提到他们，但我们没能听到他们一句话。这样更好。

1　Saladin（1137—1193），埃及和叙利亚的苏丹。

2　Averroes（1126—1198），中世纪伊斯兰哲学家。

我要说，如果我们想一想地狱，地狱并不是一个梦魇，只是一个苦刑间而已。那里发生不堪忍受之事，但没有"高贵城堡"那种梦魇的氛围。这正是但丁所提供的，在文学上也许是第一次。

还有一个例子是德·昆西曾经倍加赞赏的，是在华兹华斯《序曲》的第二篇。华兹华斯说他很担心——如果我们考虑到他写于十九世纪初叶，这种担心看来有些古怪——艺术和科学所面临的危险，它们正听任宇宙灾难的摆布。那时候根本不用考虑这些灾难，现在我们可以认为人类的一切成果，人类本身随时都可能被毁灭。我们想想原子弹。那好，华兹华斯说他跟一位朋友交谈。他说：真可怕！想想人类的巨大成果，科学和艺术有可能毁于一旦，真可怕！那位朋友说他也感到了这种恐惧。华兹华斯说：我做过这个梦……

现在要讲一个我觉得是完美的梦魇，因为梦魇的两大成分它都有：因遭受迫害而使肉体痛苦的故事情节和一种超乎自然的恐惧。华兹华斯告诉我们，他当时在面朝大海的一个岩洞里，是中午时分，正读着他特别喜欢的《堂吉诃德》，塞万提斯讲的游侠骑士冒险的故事。他没有直接指明，但我们都知道是讲哪本书。他说："我放下书思考起来。我思考的恰恰是科学与艺术问题，一会儿时间到了。"强有力的正午时分，闷热的正午时分，华兹华斯坐在临海的岩洞里（周围是海滩，是黄沙），他回忆说："睡意把我笼住，我走进了梦乡。"

他在岩洞里睡着了，面对着大海，周围是海滩金黄色的细沙。梦中一个撒哈拉的黑色沙漠包围着他。没有水，没有大海。他在沙漠的中心——在沙漠中总感到自己是在中心——他在想着能用什么办法逃离这茫茫沙漠时，心中害怕极了，这时他看到身边有一个人。说也奇怪，是贝都因部落的阿拉伯人。这个人骑着骆驼，右手拿着一支长矛，左臂下夹着一块石头，手中拿着一个号角[1]。这个阿拉伯人说他的使命就是拯救艺术与科学。他把号角凑近他的耳朵；那号角非常漂亮。华兹华斯（"用一种我不认识的语言，但我还是懂了"）说他听到了预言，一种激情横溢的颂歌似的，预言着地球正要被上帝的暴怒所指派的洪水摧毁。这个阿拉伯人对他

1　华兹华斯诗中为贝壳。

说，洪水真的快要来了，但是他的使命是拯救艺术与科学。他拿出石头给他看。真奇怪，那石头上居然是欧几里得的《几何原本》，却仍然是一块石头。接着他又给他看号角，那号角也是一本书：正是告诉他那些可怕事情的书。那号角同时也是全世界的诗句，包括（为什么不呢？）华兹华斯的诗。这个贝都因人说："我必须拯救这两样东西，石头和号角，两者都是书。"他向后转过脸去，一时间华兹华斯看到那个贝都因人的脸变了，充满着恐惧。他也朝后面看去，看到一道强光，这道光已经吞没了半个沙漠。这正是即将摧毁地球的洪水发出的那道光。贝都因人走开了，华兹华斯看到那个贝都因人也是堂吉诃德，那头骆驼也是罗西南特（堂吉诃德的坐骑）。就像石头是一本书，号角是一本书一样，贝都因人也是堂吉诃德，不是两者之一，而是同时为两者。这种双重性正好就是梦中可怖之处。这时，华兹华斯一声恐惧急叫，醒了，因为大水已经追上他了。

我觉得这个梦魇是文学上最精彩的梦魇之一。

至少今天晚上我们可以得出两个结论，往后我们的观点也许会有变化。第一个结论是梦乃美学作品，也许是最古老的美学表现。它有一种奇怪的戏剧形态，因为正如艾迪生所说，我们是剧场、观众、演员和故事。第二个结论是关于梦魇的恐怖。我们醒着时就充满着可怕的时刻；我们大家都知道，有时现实生活压抑着我们。亲人死去，爱人离开了我们，有这么多令人悲伤、令人绝望的理由……但是，这些理由在梦魇中并不出现；梦魇中的恐惧是特别的，而这种特别的恐惧可以通过任何一个故事表现出来。可以像华兹华斯那样通过贝都因也是堂吉诃德来表现，可以通过剪刀与破线头，通过我的国王梦，通过爱伦·坡著名的梦魇来表现。但是总有一点，即梦魇的味道。我讨教过的心理学论著中不谈这种恐怖。

我们也许还能做出一种神学的解释，将会与词源学吻合。我随便拿一个词，比方说，拉丁语的 incubus，或者英语的 nightmare，或者德语的 Alp，它们都提示某种超自然性。那么，梦魇是否肯定是超自然的呢？梦魇是不是地狱的裂缝呢？梦魇时我们是否确确实实处于地狱呢？为什么不呢？这一切是那么奇怪，就连这个也是可能的。

《一千零一夜》

　　西方国家历史上的一个重大事件就是发现了东方。更准确地说，可称为一种东方意识，它是连续的，可与希腊历史中波斯的存在相比较。除了这种东方意识外——有些笼统、呆板、宏大而不可思议——也还有一些高潮，我要举几个例子。这似乎是进入我如此喜欢的主题——我童年时代就十分喜欢的主题——的最佳方式。它就是《一千零一夜》，或者是它的英文版——我读的第一种版本——《天方夜谭》。尽管书名没有《一千零一夜》来得那么优美，但还是挺有神秘感的。

　　我要讲几件事情：希罗多德的九本书揭示了埃及，遥远的埃及。我说"遥远"是因为空间是以时间来衡量的，而航行曾经充满艰险。对希腊人来说，埃及世界更大，并且觉得它很神秘。

我们待会儿再谈我们尚不能确定，却又很实在的东方和西方这两个词。这两个词的情况就像圣奥古斯丁对时间的看法一样："什么是时间？你们不问我，我是知道的；如果你们问我，我就不知道了。"什么是东方？什么是西方？如果你们问我，我就不知道了。咱们就来寻找一个接近点吧。

咱们来看看亚历山大经历的交锋、战争和战役吧。亚历山大征服波斯，征服印度，据说最后死在巴比伦。这就是与东方的第一次广泛的交遇，这种交遇对亚历山大的影响是如此之大，他不再是希腊人了，部分地成了波斯人。现在波斯人已经把他纳入自己的历史。关于睡觉时枕着《伊利亚特》和宝剑的亚历山大，我们待会儿再说，但是既然我们已经提到了亚历山大的名字，我想还是给你们讲一个传说，我肯定，你们会感兴趣。

亚历山大并不是三十三岁死在巴比伦。他离开军队后，便游荡在荒原与丛林之间，后来他看到一处亮光。这亮光是一堆篝火。

黄脸膛、丹凤眼的武士们围着他。他们不认识他，但收留了他。因为他基本上是一个士兵，他在一片全然陌生的土地上参加了战斗。他是战士，不在乎什么道理，他准备好阵亡。好多年过去了，他忘却了许许多多的事情。有一天，军队发饷了，在发放的钱币中有一枚使他不安起来。他把钱币放在手掌里，说："你老啦；这个可是我作为马其顿的亚历山大时，为庆贺阿贝拉大捷而下令铸造的呀。"这时，他回忆起了往事，并重新做起鞑靼人或中国人或随便什么人的雇佣军。

这一段值得记忆的创造是属于英国诗人格雷夫斯[1]的。曾经预言亚历山大要统治东方和西方。在伊斯兰国家中，人们还以双角亚历山大的名字纪念他，因为他拥有东方和西方两只角。

咱们再来看一个关于东方和西方漫长对话的例子，这种对话常常是悲剧性的。我们想一想年轻的维吉尔，手抚摸着来自遥远国度的印花丝绸的情形吧。那是中国人的国度，他只知道这个国家十分遥远平和，人口众多，囊括了东方最边

---

1 Robert Graves（1895—1985），诗人、小说家，著有《克劳狄一世》及续编。

远的地方。维吉尔在《农事诗》中将回忆这些丝绸，这种无缝的丝绸，上面印着他很不熟悉的庙宇、皇帝、江河、桥梁和湖泊的图案。

另一个反映东方的叙述就是令人赞叹的老普林尼在《自然史》中的描述。那里谈到中国人，提到巴克特里亚[1]、波斯，谈到印度，谈到珀洛王[2]。有一首尤维纳利斯的诗，我是四十多年前读的，说不定我还记得。为了描述一个遥远的地方，尤维纳利斯这样说：ultra Auroram et Gangem，在曙光和恒河的那边。这四个词里就有我们的东方。谁也不知道尤维纳利斯当时是否感受到我们所感受到的东西。我想是的。东方对于西方人来说总会引起遐想。

我们继续回顾历史，会看到一个奇怪的礼物。也许这从来没有发生过，也是一个传说。哈伦·赖世德[3]，指引正道者哈伦，给法国的查理大帝一头大象。也许不大可能从巴格达

---

1 古时阿富汗北部地区。中国史籍称"大夏"。

2 Porus，古印度王，亚历山大的死敌。

3 Harun al-Rashid (766—809)，阿拉伯帝国阿拔斯王朝的第五代哈里发，提倡艺术，热衷于发动对拜占庭的战争，后世主要通过《一千零一夜》了解其事迹。

送一头大象到法国，不过这并不要紧，相信一下也无妨。这头大象是个魔鬼。请注意，魔鬼一词并不意味着什么可怖的意思。洛佩·德·维加就曾被塞万提斯称作"大自然的魔鬼"。这头大象对那些法国人和日耳曼王查理大帝来说，应该是很奇怪的东西（设想查理大帝没有能够阅读《罗兰之歌》，因为他讲某种日耳曼方言，未免有些惆怅）。

给他送一头大象，而 elefante（大象）一词让我们想起罗兰吹响 olifán（象牙号角）的情形。象牙号角叫这个名字，恰恰是因为它来源于象牙。既然我们在谈论词源学，那我们就回忆一下西班牙语中的 alfil，即国际象棋中的象，意思就是阿拉伯语中的"大象"，与"象牙"一词同源。在东方的象棋中，我看到过一头大象与一个城堡和一个人在一起。这个棋子不是由城堡而联想到的车，而是象。

在十字军东征中，战士们回来时带回许多故事，比如他们带回了狮子的故事。我们有一个著名的十字军军人的故事，他的名字叫狮心查理。进入纹章学的狮子是东方的动物。这个名单不会没完没了，但是我们要回顾一下马可·波罗，他的书是东方的写照（在很长时间里是最主要的来源），这本书是威尼斯人被热那亚人打败后，马可·波罗口述给他狱友的。书里有东方的历史。书里恰恰谈到了忽必烈，这个人物后来也出现在柯尔律治的某首诗中。

十五世纪，在亚历山大城，双角亚历山大之城，汇集了一系列传说。据认为，这些传说有一个古怪的经历，开始时是在印度流传的，然后传到波斯，后来传到小亚细亚，最后写成了阿拉伯文字，在开罗成书。这就是《一千零一夜》。

我想再谈一谈书名。这是世界上最美的书名之一，我想可以同我上次引用的另一本很不一样的书——《时间试验》相媲美。

而这一书名另有优美之处。我认为，美就美在"一千"对我们来说几乎是"无穷无尽"的同义词。说一千夜，就是无穷无尽的夜晚，很多很多的夜晚，无数个夜晚。说"一千零一夜"则是给无穷无尽再添加一次。我们想一想英语里奇怪的表达法。常常不说 forever（永远），而说 for ever and a day（永远零一天）。在"永远"后面加上一天。这一点使人想起海涅给一个女人的信中说："我将爱你至永远及其之后。"

无穷尽的想法是"一千零一夜"所固有的。

一七○四年发表了第一个欧洲的版本，那是法国的东方研究学者安托万·加朗写的六卷本中的第一卷。随着浪漫主义的发展，东方完全进入了欧洲的意识之中。我只要提两个名字，两个伟大人物的名字：一个是拜伦，他的形象比他的作品更高大；另一个是雨果，他两者都高大。还有其他的版本。后来又有另一个揭示东方的著作，那是一八九几年的吉卜林："如果你曾听过东方的召唤，你就不会再听到别的东西。"

　　我们再回到首次翻译《一千零一夜》的时候。那是整个欧洲文学界的一件大事。我们看一七○四年的法国。当时是"伟大世纪"的法国，是一七一一年故世的布瓦洛管辖文学的法国，他毫不怀疑他的理论正受到这灿烂的东方入侵的威胁。

　　我们来想想布瓦洛的理论，充满着小心谨慎，充满着清规戒律，我们想想对理性的崇拜，想想费奈隆[1]的著名论断："在精神的所有活动中，最不常见的就是理性活动。"可布瓦洛却想把诗歌建立在理性之上。

1　François Fénelon（1651—1715），法国罗马天主教神学家，1689 年被路易十四聘为其孙子的家庭教师，著有《雷泰马克历险记》等。

我们现在是用拉丁语的一种著名方言，也就是用卡斯蒂利亚语（即西班牙语）交谈。这也是东西方之间含情脉脉，有时甚至大打出手的怀旧故事之一，因为美洲是因为想到印度去而被发现的。正是由于这个错误，我们把蒙提祖马的人，把阿塔瓦尔帕[1]的人，把卡特里埃尔[2]的人统统叫做印第安人。因为西班牙人以为来到了印度。我现在这个小小的报告会也是这种东西方对话的组成部分。

关于西方这个词，我们知道它的来历，但是这个没关系。从西方文化只有一半来自西方这个意义上说来，西方文化并不纯。对我们的文化来说有两个根本性的民族。这两个民族就是希腊（因为罗马是希腊文化的一种延伸）和以色列，一个东方国家。两者合起来就是我们所说的西方文化。在谈论东方的启示时，应该想一想《圣经》这个永久的启示。事实上影响总是相互的，因为西方也影响东方。有一本法国作家写的书，名字叫《中国人发现的欧洲》。那应该也曾经发生过。

---

1 Atahualpa（1500—1533），秘鲁皇帝。
2 Catriel，生卒年不详，近代阿根廷印第安人首领。

东方是太阳升起的地方。德语中有一个指东方的词很美，我想提一下：Morgenland，"清晨之地"。指西方的是Abendland，"傍晚之地"。你们一定会记得施本格勒的 *Der Untergang des Abendlandes*，意思是"黄昏大地的沉沦"[1]或者更加平直地译成"西方的没落"。我认为我们不该丢弃东方一词，一个那么优美的名字，因为里面很巧含有"金子"一词[2]。在东方一词中，我们感觉到金子一词的存在，因为天亮时可以看到金色的天空。我又想起但丁的名句：dolce color d'oriëntal zaffiro. 因为 oriëntal（东方）一词有两层意思：东方蓝宝石，它来自东方；同时又是清晨的金色，是炼狱第一个清晨的金色。

什么叫东方？如果我们从地理角度来划分，我们会碰到相当有趣的问题。东方的一部分在西方，或者说在希腊人和罗马人所说的西方，因为认为北非是属于东方。当然埃及也

1　1962 年，博尔赫斯在和詹姆斯·厄比谈话中说，施本格勒是个值得敬仰的文体家，其《西方的没落》的字面意思是"黄昏大地的沉沦"，"多美啊，不是吗？也许一个讲德语的人不会注意到这一点"。

2　因为东方一词 Oriente 里有类似 Oro（金子）的字母组合，并非真的同词根。

是东方，还有以色列的土地，小亚细亚和巴克特里亚、波斯、印度以及往东去各不相同的其他国家。这样，例如鞑靼人地区、中国、日本等，所有这些对我们来说都是东方。在提到东方的时候，我认为大家原则上都会想到伊斯兰东方，并延伸到印度北面的东方。

这就是《一千零一夜》对我们来说的第一层意思。有某种东西令我们感觉到东方，我在以色列没有感觉到，而在格拉纳达，在科尔多瓦我却感觉到了。我感觉到东方的存在，而我不知道是否能为它下定义，我不知道是否该为我们内心深处的直觉下定义。这个词的含义我们要归功于《一千零一夜》。我们首先想到的是它，然后我们才想到马可·波罗，想到祭司王约翰的传说，想到那些有金鱼的沙河。首先我们想到的就是伊斯兰。

让我们来看一下这本书的历史，然后看一下它的译本。书的来源不清楚。我们可以想一想那些称呼不很准确的哥特式大教堂，它们都是几代人的作品。但是有一个根本性的区别，那就是建造大教堂的工匠和艺术家清楚地知道他们在干什么，而《一千零一夜》却是神秘地产生的，是成千上万作者的作品，谁也没有想到他正在参与构造一本伟大的书，它是所有文学中最伟大的作品之一。据我所知，它在西方比在东方更受珍爱。

现在我们来谈一谈哈默－普格施塔尔男爵写的一条怪消息，这位东方学学者曾被《一千零一夜》的两位最著名的英译者莱恩和伯顿非常尊敬地引用过。这位学者谈到一些他所称作的夜间说书人：晚上讲故事的人，他们的职业就是在晚间讲故事。他引用了一篇古老的波斯文字，说第一个听别人讲故事，第一个晚上召集人讲故事以消磨不眠之夜的人，就是马其顿的亚历山大。这些故事应该是寓言。我想寓言的迷人之处并不在其寓意。曾经使伊索或者印度寓言家着迷的是想象出一系列动物，能像人一样演出喜剧或悲剧。追求道义上目的的想法是后来加上去的；重要的是让老狼跟小羊羔，牛跟驴或者狮子跟小夜莺对上话。

就这样，马其顿的亚历山大晚上要听那些无名氏讲故事，这种情况持续了很长时间。莱恩在其《当代埃及人的习俗》一书中说：一八五〇年前后，在开罗讲故事的人很普遍。他说有五十来个人，他们经常讲《一千零一夜》里的故事。

我们有一系列的故事：根据伯顿和令人赞叹的西班牙文版译者坎西诺斯－阿森斯说，在印度形成核心部分的系列故事传到波斯，在波斯进行了修改，进一步丰富，并使其阿拉伯化；最后才传到了埃及。这是十五世纪末的事。十五世纪末编撰了第一个集子，它来自另一个据认为是波斯的版本《赫佐尔艾夫萨乃》（《一千个故事》）。

那么，为什么先是一千，后来又是一千零一呢？我认为主要有两个原因。其一是迷信（在这个问题上迷信是很重要的）。根据迷信，双数不吉利。于是寻找单数，方便地加了"零一"。二是如果用九百九十九个夜晚，我们会感到少了一个晚上。而现在，我们能感觉到无穷无尽，而且还有一个零头，加了一个晚上。书是法国东方学学者加朗读后翻译的。咱们来看看这本书中东方究竟体现在哪里，又以哪种方式？首先，这是因为我们阅读时，我们会感到是在一个遥远的国家。

大家都知道，年表、历史都是存在的，但是，它们主要都是西方人的研究。没有波斯文学史或者印度斯坦哲学史，也没有中国文学史，因为他们不关心事情的延续性，而是认为文学和诗歌是个永恒的过程，从本质上讲，我认为这是有道理的。我认为，比方说，《一千零一夜》（或者如伯顿所喜欢的《一千夜与一夜之书》）的书名吧，如果这个书名是今天早上想出来的，那也是个很漂亮的名字。如果我们现在起这个名字，我们会想这是多美的名字；讲美，因为不光是漂亮（像卢贡内斯的《花园黎明》那样漂亮），而且还能激发我们阅读的欲望。

人们希望迷失在《一千零一夜》之中，人们知道，一旦进入这本书就会忘却自己人生可怜的境遇；一个人可以进入一个世界，这个世界由原型人物构成，也有单个的人。

在《一千零一夜》的书名中有一点很重要，它让人感到是一本无穷尽的书。也确实是这样。阿拉伯人说谁也读不到《一千零一夜》的最后。并不是因为厌烦，而是感到这本书没有穷尽。

我家里就有伯顿翻译的十七卷本。我知道我永远也不会读完全部，但是我知道有那些夜晚在等待着我。我的生活会有不幸，但是十七卷书却在那里；东方的《一千零一夜》的那种永恒就在那里。

那么如何定义东方呢？并不是现实的东方，它是不存在的。我要说，东方和西方的概念是很笼统的，而谁也不觉得自己是东方人。比方说，一个人认为自己是波斯人，是印度人，是马来西亚人，但不觉得是东方人。同样地，谁也不觉得自己是拉美人，我们会感觉到自己是阿根廷人、智利人、东岸人（乌拉圭人）。没关系，这个概念不存在。为什么会这样呢？首先，是因为这个世界是极端的世界，人要么很不幸，要么很幸福；要么很富，要么很穷。是一个王的世界，这些王用不着解释他们在做什么。我们要说，这些王像上帝一样，是不负责任的。

　　此外，还有宝藏的观念。随便什么人都可以发现这些宝藏。还有魔法的观念，非常重要。什么是魔法？魔法乃是一种不同寻常的因果关系。是相信除了我们了解的那些因果关系外，还有另一种因果关系。这种关系可能是由某个事故、某个戒指、某盏灯而起。我们擦拭戒指，擦拭灯，便出现了神怪，这个神怪是奴隶，同时也是万能的，将实现我们的意志。这种情况随时都可能发生。

　　咱们来回顾一下渔夫和魔鬼的故事。渔夫有四个子女，很穷。每天早上在一个海边撒网。一个海边的说法就是一种带魔力的说法，它把我们置于一个位置不确定的世界。渔夫不是来到某某海边，而是来到一个海边撒网。一天早上，他三次撒网，三次收网：捞出一头死驴，还有一些破瓦罐，总之，捞出一些没有用的东西。他第四次撒了网（每次他都朗诵一首诗），网很沉。他期望着满网鱼，可只有一个黄色的铜罐，由苏莱曼（所罗门）的大印封着。他打开铜罐，腾出浓浓的青烟。他想可以把铜罐卖给五金商人，但是青烟升上了天，浓缩成一个魔鬼的形象。

这是什么鬼？它们属于亚当诞生之前的创造，在亚当之前，比人要低一等，但是可能巨大无比。据穆斯林说，它们生活在整个空间，看不见也摸不着。

魔鬼说："可歌可颂的上帝和它的使徒所罗门啊！"渔夫问它为什么要提所罗门，他死了那么多年了，现在神的使徒是穆罕默德。又问它为什么被关在铜罐里。它说它是当年造所罗门反的魔鬼之一，所罗门把它关进了铜罐，并加封后抛进了海底。过了四百年，魔鬼发誓它要把世界上所有的黄金送给解救它的人，但是什么也没有发生。它又许诺谁解救它就教会他鸟叫。几个世纪过去了，许诺成倍上升。到最后，它发誓要杀掉解救它的人。"现在我必须履行自己的诺言，你准备受死吧，哦，我的救命恩人！"这发脾气的样子倒奇怪地使魔鬼很像人，也许还挺可爱。

渔夫毛骨悚然，假装不相信这段故事，对它说："你给我讲的不可能是真的。你头顶蓝天，脚踩大地，怎么可能装进这么一个小小的容器呢？"魔鬼回答说："你真是不相信人，你瞧！"说着它缩小身体，进到铜罐里。渔夫盖上铜罐并封住它。

这故事还在继续，这一次主人公不是渔夫而是一位国王。后来说是内格拉斯岛的国王，到最后，全混在了一起。这种情况在《一千零一夜》中很典型。我们可以想见那些中国的球体，里面套着别的球体，或者想见那些俄罗斯套娃。类似情况在《堂吉诃德》中也有，但是没有像《一千零一夜》中那样极端。而且这一切是在一个你们知道的宏大的中心故事中展开的：一位苏丹被妻子欺骗，为了避免欺骗再度发生，他决定每天晚上结婚，并在第二天早上杀掉这个妻子。直到山鲁佐德为了拯救其他女子，她用没有结束的故事吸引着国王。就这样他们俩度过了一千零一夜，她还给他生了一个儿子。

用故事套故事的方式讲述，产生一种奇怪的效果，几乎没有穷尽，还有一点晕晕乎乎的感觉。这一点被不少以后的作者所模仿。于是，卡罗尔的《爱丽丝漫游奇境记》或者小说《席尔维亚和布鲁诺》等，就是梦中有梦，枝繁叶茂。

梦是《一千零一夜》中特别偏爱的主题。令人惊叹的是两个做梦人的故事。一位开罗人在睡梦中被命令去波斯的伊斯法罕，说那里有一个宝藏在等着他。他历尽长途的艰险，精疲力竭地赶到伊斯法罕，躺在一家清真寺的院子里休息。没想到，他误入了贼窝。结果他们统统被抓了起来。一位卡迪（民法法官）问他为什么来这座城，埃及人就全给他讲了。卡迪笑了，露出了白牙，对他说道："你这个没有头脑的家伙，这么容易相信。我三次梦见开罗有一座房子，它的最里边是一个院子，院子里有座太阳钟，还有一眼泉水和一棵无花果树。那泉水的下面就藏着宝。我从来没有半点相信过这样的谎言。你别再回伊斯法罕来了。拿下这枚钱币，快走吧。"那个人回到了开罗，他认出自己的家就是卡迪梦中的那个地方，便在泉水下面挖了起来，找到了那宝藏。

在《一千零一夜》中也有西方的回声。因为我们发现了尤利西斯的冒险，只不过这里尤利西斯的名字叫水手辛伯达。有时冒险的内容是一样的（比如海神波塞冬之子波吕斐摩斯的故事）。为了建造起《一千零一夜》这座宫殿，曾动用了数代人，这些人是我们的造福者，因为他们给我们留下了这本取之不尽的书，这本书可以有那么丰富的变形。我说那么丰富的变形，是因为第一个版本是加朗的，相当简单，也许是最迷人的一本，它用不着读者作任何努力。没有这个第一版本，正如伯顿上尉说的，后来的版本就不可能完成了。

加朗是一七〇四年发表第一卷的，引起过一种喧哗，但同时也使路易十四治下讲求理性的法国着了迷，人们在谈论浪漫主义运动时，通常认为是后来很远的日子。但我们可以说浪漫主义运动开始于诺曼底或者巴黎的某个人阅读《一千零一夜》的那一时刻。那时他离开了布瓦洛管辖的世界，进入浪漫自由的世界。

后来又有一些事情。有勒萨日发现的流浪汉小说，有一七五〇年左右珀西[1]发表的苏格兰和英格兰民谣。到了一七九八年，柯尔律治开始了英国的浪漫主义运动，他梦见忽必烈，马可·波罗的保护神。这里我们可以看到世界是多么了不起，事情都是互相交错的。

另有几个译本。莱恩的译本附有穆斯林风俗百科介绍。伯顿带有人类学研究和淫秽内容的译本所用的英语有点古怪，部分是十四世纪的，这种英语充满着古语新词；它虽不无优雅之处，但是读来常常颇费气力。接下来又是放荡的版本，那是完全意义上的放荡，是马德鲁斯博士的。还有一个直译的德国版本没有丝毫文学魅力，那是利特曼的。接下来我们很庆幸，有一个西班牙语版本，是我的老师拉斐尔·坎西诺斯－阿森斯的。书在墨西哥出版，也许是所有版本中最好的，它附有注释。

有一个故事是《一千零一夜》中最有名的，但原著中却没有。这个故事就是《阿拉丁和神灯》。它出现在加朗的版本中，伯顿在阿拉伯和波斯文本中都没有找到。曾有人怀疑加

---

1 Thomas Percy (1729—1811)，英国诗人、收藏家、主教，因《英古诗辑》知名。

朗篡改了故事。我认为用"篡改"一词是不公正而且有害的。加朗完全有权像那些职业说书人那样创造一个故事。为什么不能设想，在翻译了那么多故事以后，他想创造一个，并这样做了呢？

历史并没有在加朗这里停下。德·昆西在自传中说，他认为《一千零一夜》中有一个故事高于其他的故事，这个无可比拟地技高一筹的故事就是阿拉丁的故事。说的是马格里布的魔术师赶到中国，因为他知道唯一能挖出这盏神灯的人就在那里。加朗告诉我们，那位魔术师是个占星术士，星星提示他必须去中国寻找那个人。德·昆西创造性的记忆力令人钦佩，他记得的故事完全不同。据他说，魔术师把耳朵贴在地面上，听到无数人的脚步声，他从中分辨出命中注定要挖出神灯的那个孩子的脚步声。德·昆西说，他由此想到世界充满着对应关系，充满着魔镜，小事物里往往会有大事物的密码。所谓马格里布魔术师把耳朵贴着地面，并发现阿拉丁脚步的说法，没有哪个本子中有记载，是睡梦或者记忆带给德·昆西的。《一千零一夜》并没有死亡。《一千零一夜》漫无边际的时间还在继续走它的路。到了十八世纪初，书翻译了。十九世纪初或十八世纪末，德·昆西回忆的方式也变了。书又有了别的译者，每一个译者给书一个不同的版本。我们几乎可以说，有许许多多名为《一千零一夜》的书。有两个法文版的，那是加朗和马德鲁斯所写；英文版有三个，分别由伯顿、莱恩和佩因写成；德文的有三个，由亨宁、利特曼和魏尔写成；西班牙文的一个，是坎西诺斯－阿森斯的。这些书每一本都不一样，因为《一千零一夜》还在成长，或者说还在再创造中。令人惊叹的斯蒂文森，在其令人赞叹的《新编一千零一夜》中，重新以乔装打扮的王子作主题，这个王子在大臣的陪伴下走遍城市，发生了种种古怪的冒险故事。但是斯蒂文森创造了一位波希米亚的佛罗里塞尔王子，他和副官杰拉尔丁上校走遍了伦敦。但并不是真的伦敦，而是一个类似巴格达的伦敦。也不类似现实中的巴格达，而是类似《一千零一夜》中的巴格达。

还有一位作者，我们大家都要感谢他的作品，那就是切斯特顿，是斯蒂文森的继承人。在一个臆想的伦敦发生了布朗神甫和小伙子星期四[1]的种种冒险故事，如果他没有读过

1　切斯特顿的小说《名叫星期四的人》中的人物。

斯蒂文森，这样的伦敦是不会存在的。而斯蒂文森如果没有读过《一千零一夜》，也就写不出他的《新编一千零一夜》。《一千零一夜》并不是死的东西。这本书是那么广泛，以至于用不着读过此书，因为它是我们记忆的一部分，也是今天晚上的一部分。

佛　教

今天的主题是佛教。我不想谈那两千五百年前在贝拿勒斯[1]开始的漫长历史。那时，尼泊尔的王子——悉达多或者乔答摩[2]——得道成佛。他转动法轮，颁布了四圣谛和八正道。我要谈一谈这个世界上最普及宗教的本质内容。佛教的诸要素从公元前五世纪保留至今，也就是说，从赫拉克利特时代，从毕达哥拉斯时代，从芝诺时代就开始，直到我们当代，铃木[3]博士把它引进日本。这些要素都是相同的。该宗教现在镶嵌有神话、天文学、外来的信仰和魔法等等，但是由于这个题目相当复杂，我只想谈谈不同派系中一些共同的东西。这多多少少与希那衍那或者说小乘佛教相吻合。我们将首先考虑佛教为何这么长寿。

这个长寿有其历史原因，但是这些原因是偶然的，或者说是有争议的，站不住脚的。我认为有两个根本性的原因。第一是佛教的宽容性。它独特的宽容性，不像其他宗教那样不同的时期会有所不同，佛教历来是宽容的。

佛教从不依靠铁与火，它从不认为铁与火会有说服力。印度皇帝阿育王信佛以后，并不想把自己的新宗教强加给任何人。一个好的佛教徒可以是路德宗、循道宗教徒，可以是长老宗、加尔文宗教徒，可以是神道、道教、天主教徒，也可以是伊斯兰教徒或者犹太教徒，非常自由。反过来，一个基督徒、一个犹太教徒或者一个穆斯林却不会被允许成为佛教徒。

佛教的宽容性并不是一种软弱，而是它本身的特性。首先，我们可以把佛教称作一种瑜伽。瑜伽这个词是什么？同我们说的枷锁是同一个词，它来自拉丁语 iugum。枷锁就是人给自己强加的一种纪律。如果我们能理解佛陀两千五百年

1 印度东北部城市瓦拉纳西的旧称。
2 分别是释迦牟尼的本名和姓。
3 指日本佛教学者和思想家铃木大拙（1870—1966）。

前在贝拿勒斯的鹿野苑第一次讲道时所宣讲的内容，我们就能理解佛教了。只是不叫理解，而是领悟，靠身体与灵魂去感受它；不过，佛教不接受现实的身体或者灵魂。我后面再解释。

佛教长寿还有一个原因。佛教对我们的信仰有很严格的要求。这也很自然，因为所有的宗教都是一种信仰，就像祖国也是一种信仰。我曾经多次问自己，什么叫做个阿根廷人？做个阿根廷人就是感觉到自己是阿根廷人。什么叫做个佛教徒？做个佛教徒就是能感觉到四圣谛和八正道，而不是理解，因为理解几分钟就能完成。我们不准备进入八正道那崎岖的高地，八这个数字是因为印度人习惯于分割再分割的缘故，但是我们准备深谈一下四圣谛。

此外，还有佛陀的传说。我们可以不去相信这样的传说。我有一位日本朋友，禅宗佛教徒，我曾经跟他长时间友好地讨论。我说我相信佛陀历史的真实性。我过去相信，现在仍然相信两千五百年前有一位尼泊尔王子，名叫悉达多或者乔答摩，后来成了佛，也就是说达到了大知大觉，而不像我们这些人还在昏睡，或者说还在做梦，这个漫长的梦就是人生。

我记得乔伊斯有一句话："历史是我想觉醒的一个噩梦。"可不是吗，悉达多在三十岁时醒悟了，成了佛陀。

我在跟那位佛教徒朋友（我不能肯定自己是基督教徒，但是我能肯定自己不是佛教徒）讨论时说："为什么不相信悉达多王子于公元前五百年在迦毗罗卫出生[1]的说法呢？"他回答说："因为这没有任何意义。重要的是相信其学说。"他又补充说，相信佛陀在历史上存在或者对其感兴趣，就有点像把数学定理与毕达哥拉斯或者牛顿的生平混为一谈。我觉得他讲得既实在又机智。中国和日本寺院中的和尚静思的一个内容就是怀疑佛陀的存在。这是为了领悟真理所必须施加的怀疑之一。

其他的宗教都要求我们非常相信它。如果我们是基督教徒，我们就必须相信上帝神灵三位中的一位曾迁就做了人，并在犹大山地被钉上十字架。如果我们是穆斯林，我们就必须相信除了真主就不再有别的神，穆罕默德是它的使者。然而，我们可以是很好的佛教徒，却不承认佛陀的存在。或者

1　释迦牟尼是印度北部迦毗罗卫国（今尼泊尔境内）净饭王之子。

说得更明了些，我们可以认为，我们应该认为我们是否相信历史无关紧要，重要的是相信其学说。然而，佛陀的传说是那么优美，我不能不提一下。

法国人曾经特别注意对佛陀传说的研究。他们的理由是这样的：佛陀的生平是短时间内发生在一个人身上的事。可以是这样，也可以是那样。但是，佛陀的传说曾启示并正在启示成百上千万人的道路。传说是那么多绘画、雕塑和诗歌灵感的源泉。佛教是宗教，同时也是一种神话，一种宇宙观，一个形而上学系统，或者说是一系列互不理解的、有争议的形而上学系统。

佛陀的传说很有启示性，相不相信倒在其次。在日本不强调佛陀的历史真实性，却强调其学说。传说起于高天，在许许多多世纪中，我们可以咬文嚼字地说，在无数个世纪中，天上有人修身领悟，到下一次现身将是佛陀。

佛陀选择一个洲作出生地。根据佛教的宇宙起源学，世界被分为四个三角形的大洲，中心有一座金山：须弥山。他在相当于印度的位置出生。他选择了出生的世纪，选择了种姓，选择了母亲。现在要讲传说的地上部分。有一位王后叫摩耶夫人。摩耶的意思是幻想。王后做了一个冒险梦。这个梦在我们看来很荒诞，但印度人并不这么认为。

与净饭王[1]结婚的她，梦见一头在金山里走动的六牙白象，从她的左侧肋下进入肚中而不觉得疼痛。她醒来后，国王便召集占星术士商议。占星术士对他说，王后将要生一个儿子，这孩子将成为世界大皇帝，或者成为大知大觉的佛陀，他是被派来拯救所有人的。可以想见，国王选择了前者：希望他的儿子成为世界大皇帝。

我们再来细谈六牙白象。奥登伯格指出在印度，大象是常见的家畜。白色总是象征着无辜。那么为什么是六根象牙呢？我们应该记得（也许需要回顾一下历史），数字六对我们来说是任意的，甚至有些不舒服（因为我们喜欢数字三和七），但是在印度可不是这样的，他们认为空间有六个方位：上下前后左右。一头六牙白象对印度人来说没有什么奇怪的。

国王召来法术师，王后没有疼痛就生下了孩子。一棵菩提树倒下枝叶帮助她。儿子生下来就站着，然后他跨了四步，

1　即汉译佛教典籍中的大清净妙位。

分别朝北南东西四个方向，并用狮子般的声音宣布："我是无可比拟的。这是我最后一次降生。"[1] 印度人认为在他们之前有过无数次的降生。这位王子长大了，成了最好的射手，最好的骑士，最好的泳将，最好的运动员，最好的书法家，超过所有的大博士（这里我们可能会想到基督和其他大博士）。十六岁时结婚。父亲知道——占星术士告诉他的——他的儿子如果了解到四大事实：老年、疾病、死亡和禁欲，他就有当拯救所有人的佛陀的危险。于是他把儿子关在宫里，还给他提供一个后宫。我不想讲里面女人的数量，因为这显然是印度式的夸张。但是，为什么不讲出来呢？八万四千。

王子生活得很幸福，他不知道世界上有痛苦，因为不让他看到老年、疾病和死亡，命中注定的某一天，他乘车离开四方形皇宫的四大门之一。比方说北门。行了一段路以后，他看到一个人跟他见过的都不一样。那个人驼着腰，满脸皱纹，没有头发，拄着拐杖，连路也走不动。他问这个人是谁，

---

1 禅宗典籍中的说法是："佛初生……自然捧双足。东西及南北，各行于七步。分手指天地，作狮子吼声：'上下及四维，无能尊我者。'"参见《五灯会元》卷一《七佛·释迦牟尼佛》。

是不是人。车夫告诉他说,那是一个老头,如果我们活下去的话,我们都会像那个人一样的。

王子迷惑不解地回到皇宫。六天后他又从南门出去了。他在一条沟里看到一个人还要奇怪,一身麻风病,脸色憔悴。他问这个人是谁,是不是人。车夫告诉他,这是个病人,如果我们活下去的话,我们都会像那个人一样的。

王子显得很不安,他回到皇宫中。六天以后他又出去了,他看到一个人像是睡着了,但是脸色却毫无生气。这个人由别人抬着。他问这个人是谁。车夫告诉他说,那是一个死人,如果我们活足够多的时间,我们都会像那个人一样的。

王子伤心透了。三个可怖的现实已经给他揭示了年老、疾病和死亡的现实。他第四次又出去了。他看到一个人几乎赤身裸体,而脸色十分镇定自若。他问那个人是谁。人家告诉他说是一位苦行者,那个人拒绝一切,并且已经达到了八福的境界。

王子决定抛弃一切;他的生活曾经是那么富足。佛教认为苦行是合适的,不过需要在尝试人生之后。谁也不应该一开始就拒绝一切。应该陷入泥淖,然后得以明白生命如梦幻泡影；但是不能对生命毫无了解。

王子决定做佛陀。这时传来一个消息：他的妻子耶输陀罗生了一个儿子。他惊呼起来："一条纽带诞生了。"是儿子把他与生命联系在一起。于是他给孩子取名为罗睺罗，意即纽带。这时悉达多在他的后宫里，看着那些年轻美丽的女人，看到的却是恐怖的麻风病老太婆。他来到妻子的房中。她在睡觉，怀里有一个孩子。他正想去吻她，但是他知道如果吻了她，他就不能离开她，于是他走了。

他寻找师父。这里我们有一段生平可能不是传说。为什么要显示出是某某师父的徒弟，然后又被抛弃呢？师父们教他苦行，他练了很长时间。最后他躺在一片田地里。他的身体纹丝不动。诸神在三十三重高天看到他，都以为他死了。只有其中一位最聪明的神说："不，他没有死，他将成为佛陀。"王子醒了，他跑到附近的一条小溪边，吃了一些东西，便坐在一棵神圣的菩提树下：我们可以说这是一棵法树。

接下去的一段是带魔法的插曲，与《福音书》相吻合：与魔鬼抗争。魔鬼的名字叫魔罗。我们已经见过 nightmare 一词，晚间的魔鬼。魔鬼统治着世界，但是现在它感到受到威胁，便出了宫。它乐器的弦断了，储水槽里的水干了。它召集它的军队，骑着一头我不知道有几英里高的大象，成倍地生出臂膀，成倍地增加武器，向王子进攻。傍晚，王子端坐在知善恶树[1]下，这棵树与他同时诞生。

魔鬼和它的老虎、狮子、骆驼、大象和魔鬼武士向王子射箭。这些箭到他身边就成了花朵。向他抛火山，结果在他的头顶上形成一个华盖。王子双腿盘坐，一动不动地在静思。也许他不知道正在向他进攻。他在思考人生，正要抵达涅槃，抵达超脱的境界。在太阳下山之前，魔鬼就被打败了。又是一个漫长的静思之夜，过了这天晚上，悉达多已经不是悉达多，他是佛陀，他已经抵达涅槃。

他决定宣讲佛法。他起了身，因为已经超脱了，他想拯救其他人。他在贝拿勒斯的鹿野苑作了第一次布道宣讲。后来又作了一次，是关于火的，他说一切都在燃烧：灵魂、躯体和事物都在火焰中。差不多在同一时间，以弗所的赫拉克利特也说一切都是火。

1　即汉译佛教典籍里所说的佛陀伽耶菩提树。

他的法不是苦行的法，因为对于佛陀来说苦行是一个错误。人不应该沉湎于肉体生活，因为肉体生活是低下的、不高尚的、烦人而痛苦的；也不应该沉湎于苦行，这也是不高尚的、痛苦的。他主张中间道路——用神学的术语来说——中道。他已经抵达涅槃，又活了四十多岁，从事布道。他完全可以选择永生，但是他还是选择了死亡，这时他已拥有很多徒弟。

他死在一个铁匠家中。他的徒弟围着他。大家都绝望了。没有他该怎么办呢？他对他们说，他并不存在，他像他们一样是人，一样虚幻，一样会死，但是他会把他的佛法留给他们。这里我们看到与基督有很大的不同。耶稣对信徒说：有两三个人奉我的名聚会，那里就有我在他们中间。相反，佛陀却对他们说：我会把佛法留给你们的。也就是说，他在第一次布道宣讲时就让法轮转动起来了。然后就有了佛教的历史，有很多很多：藏传佛教，密宗，还有继希那衍那即小乘教之后的摩诃衍那或者大乘教，以及日本的禅宗佛教。

我觉得与佛陀所讲的很相近，几乎相同的要数在中国和日本所教授的禅宗佛教。其他都是神话童话镶嵌之作。这些神话故事中，有些确实很有趣。大家都知道佛陀能作出奇迹，但是跟耶稣一样，佛陀对奇迹也不喜欢。他不喜欢作奇迹。他觉得那是一种粗俗的做法。我想给你们讲一个故事：檀香木钵的故事。

在印度的一个城市，有位商人吩咐用一段檀香木雕成一个钵。他把檀香木钵放在几根竹竿的顶端，那是一种很高很高的涂有肥皂的竹竿。商人说，谁够着那只檀香木钵，他就把它送给谁。有些异教徒师傅试过了，没有成功。他们想贿赂那商人，叫商人说他们够着那只钵了，商人不肯。这时来了一位佛陀的小徒弟，故事中没有讲到他的名字。那徒弟升到半空中，绕着那只钵转了六圈，然后取下交给那位商人。佛陀听到这件事后便把他驱出教门，因为他干了这么低下的事情。

但是佛陀也确实有过奇迹，比方说这个有礼貌的奇迹。一天中午，佛陀必须穿过一个沙漠。在三十三重高天的诸神个个都给佛陀抛去一把阳伞。佛陀为了不让任何一位神生气，就变成三十三个佛陀，这样，每一个神在高处都看到有一个佛陀由它抛出的阳伞保护着。

在佛陀的故事中有一个很有启发意义：关于箭的寓言故事。有一个人在战场上受伤了，却不让人把箭拔去。在拔箭之前，他想知道射手的名字，属于哪个种姓，箭的材料是什么，射手当时是在什么地方，箭有多长等等。在争论这些问题的时候，他死了。"而我相反，"佛陀说，"我要教的是拔箭。"箭是什么？箭就是宇宙。箭就是我这个观念，就是维系我们的一切。佛陀说，不应该在无用的问题上浪费时间，比方说，宇宙有边还是没有边？佛陀在涅槃之后还能不能活下去？这一切都是无用的。重要的是我们要把箭拔去。这是驱邪祛魔，是拯救的法门。

佛陀说："就像浩瀚的大海只有咸一种味道一样，佛法的味道就是拯救的味道。"他所教诲的佛法像大海一样浩瀚，但是只有一种味道：拯救的味道。当然，有些后辈在探究形而上学中迷了路（或者说探究得太多）。这不是佛教的目的。佛教徒可以信奉任何其他宗教，只要遵循这个法则就行。最重要的是拯救和四圣谛：苦谛、集谛、灭谛和道谛。最后便是涅槃。四圣谛的次序没有关系。据说正好符合古时诊病的传统方法，即疾病、诊断、治疗和愈合。这个愈合就是涅槃。

现在我们要谈一个比较难的问题。谈谈我们西方人概念中通常拒绝的内容：转世。这对于我们来说首先是带有诗意的观念。转世的不是灵魂，因为佛教否认灵魂的存在，而是业（即羯磨），这是一种精神机制，转世可以无数次。在西方，一些思想家也提出过类似想法，特别是毕达哥拉斯。毕达哥拉斯居然能认出他在特洛伊战争中使用过的盾，当时他叫另一个名字。在柏拉图《理想国》第十卷中记有埃尔的梦。这位战士曾看到一些灵魂在饮忘川水之前选择自己的命运。阿伽门农选择当雄鹰，俄耳甫斯选择当天鹅，而尤利西斯，因为曾经自称无名氏，于是他选择了最低微、最不为人知的人。

　　阿格里真托的恩培多克勒在著作的一个章节回忆他的前世："曾是个孩子、一个姑娘、一簇灌木、一只小鸟和一条跃出海面的无声的鱼。"恺撒认为这个理论是德鲁伊特的主张。凯尔特诗人塔利埃辛说，宇宙中没有哪种形式不曾是他的："我做过战役统帅，做过手中的宝剑，做过跨越六十条河的大桥，我曾在水沫间被施过魔法，我做过一颗星星，做过一道光，做过一棵树，做过书中的一个词语，开始时还做过一本书。"达里奥有一首诗，也许是他诗中最好的，是这么开始的："我曾是一名士兵睡在 / 克娄巴特拉女王的床上……"

转世一直是文学中的一个重要主题，在神秘主义文学作品中我们也发现了。普罗提诺说，由一种生命转世到另一种生命就像是在不同的房间、不同的床上睡觉。我相信我们大家在某个时刻都有过好像经历过前世的感觉。在罗塞蒂的一首优美的《闪念》中就有 I have been here before（我曾在这里待过）的句子。他对曾经拥有或者将要拥有的女人说："你曾经是我的，曾经无数次地属于我，还将永远地是我的。"这就把我们带到了离佛教很近的循环理论，奥古斯丁在《上帝之城》中曾对此痛斥过。

这是因为斯多葛派和毕达哥拉斯派都曾听到过印度的学说：宇宙是由无数个循环构成的，以劫来衡量。劫是超出人的想象的。我们设想一堵铁墙，高达十六英里，每六百年有一位天使来擦墙，是用贝拿勒斯最细的布来擦的。当布把十六英里高的墙摩擦掉了，才算是过了某一劫的第一天。诸神将与劫数延续的时间相同，然后它们就将死去。

宇宙的历史分成周期。在这些周期中有漫长的黯淡期，这时什么也没有或者说只有《吠陀》[1]的字句存在。梵天也死，然后复活。有一个时刻相当震撼。梵天待在宫中。这是它在一个劫数之后，一个黯淡期之后的复苏。它走遍所有的房间都是空的。它又想到诸神。诸神随它的指令而出来，它们认为梵天创造了它们，因为它们过去就曾在那里。

我们再来细谈一下关于宇宙历史的这种看法。在佛教中没有上帝；或者说可以有一个上帝，但并不重要。重要的是我们相信我们的命运是预先由我们的业（即羯磨）确定的。我一八九九年在布宜诺斯艾利斯出生，我是盲人，我今天晚上给你们作报告，所有这一切都是我前世命里注定的。这就是所谓的业（即羯磨）。我说过，羯磨已经成为一种思想结构，一种非常精致的思想结构。

我们生命中每时每刻都在编织着，不仅编织着我们的意志，而且也编织着我们的行为，我们半梦时，我们睡觉时，我们半醒时，我们无时无刻不在编织着这些东西。我们死的时候，另一个人会诞生以继承我们的业（即羯磨）。

---

1 婆罗门教和印度教最古老的经典。

曾经那么喜欢佛教的叔本华，有一位弟子名叫德森，他讲到他在印度碰见一个盲人乞丐，他很同情。盲人乞丐却对他说："如果说我生来是瞎子，那是因为我的前世作了孽，我成了瞎子是应该的。"人们接受痛苦。甘地反对成立医院，说医院和慈善工程只是延缓欠债的归还，不应该这样帮助别人；如果别人在受苦，就应该受苦，因为这是他们应该偿还的欠债，如果我帮助了他们，我就是在延缓他们归还应还的债务。

羯磨是很残酷的法则，但是有一个奇怪的数学效果，如果说我的现世是由我的前世决定的，那么我的前世是由另一个前世决定的，这另一个前世又由更前一个，这样没完没了。也就是说字母 z 由字母 y 所决定，y 是由 x 决定的，x 是由 v，而 v 是由 u 决定的。只不过这个字母表有终点但是没有起点。佛教徒和印度教徒一般都相信现时的无穷尽，并认为在抵达此刻之前，已经经历了无穷尽的时间。在我说无穷尽的时候并不是不确定或者不计其数的意思，而是严格意义上的无穷尽。

在人可以拥有的六种命运（人可以做魔鬼，做树木，可以做动物等）中，最难的就是做人，所以我们必须利用这个命运机会以拯救我们自己。

佛陀假想在海底有一只海龟和一只漂浮的镯圈。每六百年海龟才伸一次头，是很难套进那个镯圈的。于是佛陀就说："我们能做人，就像海龟套进镯圈的情形那样稀罕。我们应该利用为人的机会以抵达涅槃。"

既然我们否认有关上帝的观念，既然没有一个人化的神创造宇宙，那么受苦受难的原因何在？生命的原因何在？这个观念就是佛陀所称作的禅。禅这个词我们会觉得很奇怪，但是让我们把它跟别的我们认识的词进行比较。

我们来考虑一下，比方说，叔本华的意志观。叔本华提出了世界即意志和表象。有一种意志，它体现在我们每一个人身上，并产生表象，即世界。这一点我们在其他哲学中也发现了，不过名称不同。柏格森谈的是生命冲动；萧伯纳谈的是生命力，是同一回事。但是有一个区别：对柏格森和对萧伯纳来说，生命冲动是应该主张的力量，我们应该继续梦想一个世界，创造一个世界。对于叔本华，对于阴郁的叔本华和对于佛陀，世界则是个梦，我们应该停止梦想世界，我们可以通过长时间的磨炼来停止。我们在开始时会感到痛苦，这就是禅。禅产生生命，而生命必定是不幸的；因为什么叫生活？生活就是生、老、病、死，此外，还有别的不幸，对于佛陀来说，最可怜的不幸就是：不跟我们所爱的人在一起。

我们应该舍弃激情。自杀是无用的，因为那是一种充满激情的行为。自杀的人总是存在于梦的世界里。我们应该明白，世界是一种幻影，是个梦，生活也是个梦。但是这一点我们必须深深地感受它，通过静思冥想而达到这种境界。在佛教的寺院里有这么一种练习：新弟子必须完完全全地度过他生命的每一时刻。他应该想："现在是中午，现在我在穿过庭院，马上我就要见到师父。"同时又应该想这中午、庭院和师父都不是真的，像他自己和他的思想一样地不真实。因为佛教否认自我。

最大的悟就是破我执。这样佛教就与休谟，与叔本华，与我们的马塞多尼奥·费尔南德斯一致了。没有什么主体，有的只是一系列思想状态。如果我说"我思"，那我就犯了一个错误，因为我假定了一个固定的主体，然后是这个主体的行为，即思。不是这样的。休谟指出，不应该说"我思"，而应该说"思"，就像说"下雨"那样。在讲下雨的时候，我们不会认为是雨在采取什么行动。不会的，只是在发生着什么。

同样道理，就像人们说天热、天冷、下雨一样，我们应该说：思考、受苦之类，而避免讲出主体。

在佛寺里，新弟子要遵守一条很严厉的纪律。他们可以在随便什么时候离开寺院。甚至连——玛丽亚·儿玉对我说——他们的名字都不作纪录。新弟子进寺院后，就叫他做很重的活儿。他睡觉了，才刻把钟就把他叫醒。他必须洗东西，扫地。如果睡着的话就要受体罚。就这样，他必须无时无刻地思考，不是思过，而是思考一切都是不真实的；必须不断地做不真实的练习。

现在我们要谈谈禅宗，要谈谈菩提达摩。菩提达摩是六世纪第一位传教士。菩提达摩从印度来到中国，遇见了推动中国佛教发展的皇帝[1]。皇帝给他列举众多寺院的名字，告诉他新增佛教徒的数字。菩提达摩说："这一切都是属于虚幻世界的，这些寺院及和尚就像你我一样地不真实。"[2] 然后他就面

---

1 指梁武帝萧衍。
2 梁武帝和菩提达摩（磨）的对话见《五灯会元》卷一《东土祖师·初祖菩提达磨大师》："帝问曰：'朕即位已来，造寺写经，度僧不可胜纪，有何功德？'祖曰：'并无功德。'帝曰：'何以无功德？'祖曰：'此但人天小果，有漏之因，如影随形，虽有非实。'"

壁而坐，开始静思了。

该学说传到日本后，分成了不同的派别。最著名的就是禅宗。禅宗有一套达到大彻大悟的做法。只有经过多年的静思才能达到。那是突然达到的，不是什么三段论法。一个人应该突然直觉到真理。这叫顿悟，它是突如其来的，完全超出逻辑。

我们总是按照主体、客体、原因、结果、逻辑、非逻辑、某事物与其对立面的角度去思考问题。我们应该超越这些范畴。根据禅宗大师的说法，运用一个不符合逻辑的回答，以突然直觉的方式，可以明白一个真理。新弟子问师父什么是佛陀。师父回答说："柏树是菜园子。"一个完全不符合逻辑的回答可以教人领悟真理。新弟子问为什么菩提达摩来自西方。师父回答说："三磅[1]粗麻。"这些词语并不包含类比的意思，是一个非常荒唐的回答，以激发一种突然的直觉。也可以是出人意料地敲一下。徒弟或许会问什么，而师父敲他一下便是回答。有一个关于菩提达摩的故事——当然是一个传

1　在禅宗语录中，通常称"斤"。

说而已。

　　一个徒弟陪着菩提达摩，徒弟老是问师父，菩提达摩从不回答。徒弟就着力静思，一段时间以后，他截断了自己的左臂，来到师父面前，以表示决心要做他的徒弟。师傅没有很在意，因为这不过是物质，如梦幻泡影，他问徒弟："你想干什么？"徒弟回答说："我寻找自己的意识已经很长时间，但是没有找到。"师父说："你没有找到那是因为它不存在。"在这时，徒弟竟一下子明白了，他懂得了我并不存在，一切都是虚无。这些大概就是禅宗佛教的本质。

　　要解释一种宗教是很难的，特别是一种你并不信仰的宗教。我认为佛教里重要的不是有意思的传说，而是它的学说。这是我们够得着的，不需要我们服苦行。也没有要求我们舍弃肉体的生活。它要求我们的是静思。这静思不应该是对我们的过错，也不应该是对我们过去的生活进行思考。

　　禅宗佛教的静思主题之一，就是思考着我们过去的生活都是幻影。如果我是一个和尚的话，我就会想，我现在刚开始生活，我博尔赫斯过去的一切生活都是梦，所以宇宙的历史也是梦。通过思想上的磨炼，我们一点点地离开禅。一旦我们懂得我是不存在的，我们就不会去想我会幸福，或者说我的义务就是使其幸福。我们就达到了平静。这并不是说涅槃就等于思想上的休止，佛陀的传说便是一个明证。神圣菩提树下的佛陀达到了涅槃，但是他继续传法很多很多年。

什么叫抵达涅槃？简单地说，我们的行为不再留下影子。只要我们在这个世界上，我们就要承受羯磨。我们的每一个行为都在编织这种思想结构，这就是所谓的羯磨。当我们抵达涅槃时，我们的行为就不再有阴影，我们就自由了。奥古斯丁说过，当我们被拯救以后，我们就没有必要再考虑恶与善。我们会继续从善，而不去考虑它。

什么叫涅槃？佛教在西方引起关注的相当部分原因就是因为涅槃这个非常优雅的词语。似乎涅槃一词不可能不包含某种精华。涅槃字面上是什么意思？是湮灭，是熄灭。设想某某人抵达涅槃时便熄灭。在去世时就有大涅槃，也就是湮灭了。但是相反，一位奥地利的东方学者指出，佛陀运用了当时的物理学。湮灭的想法在当时与现在不是一码事，因为，一团火焰熄灭时，并不消失，而是认为火焰将继续存在下去，以另一种方式继续存在下去，所以涅槃并不一定意味着湮灭，而是意味着我们在以另一种方式继续着，这是一种我们无法想象的方式。一般地说，神秘主义者的比喻是带有信息的比喻，但是佛教徒的比喻却不一样。在谈到涅槃的时候，并不是说涅槃的酒，涅槃的玫瑰，也不是涅槃的拥抱。应该说是比作一个岛屿，比作一个在暴风雨中坚如磐石的岛屿。比作一座宝塔；也可以比作一座花园。是一种在我们之外兀自存在的东西。

　　我今天讲的是零零碎碎的。这是一种我研究多年的学说——但确实我懂得很少，如果我是带着展示一件博物馆展品的念头来讲解的话，那就显得荒唐了。对我来说，佛教不是博物馆的展品，它是一条拯救之路。不是对我，而是对千百万大众。它是世界上流传最广的宗教，今天晚上介绍时我满怀着敬意。

诗　歌

　　爱尔兰泛神论者埃里金纳说,《圣经》包含着无数含义。他把它比作孔雀五彩缤纷的羽毛。数百年后,一位西班牙的希伯来喀巴拉学者说,上帝为每一个以色列人写了一本《圣经》,因此《圣经》的数量就同《圣经》的读者一样多。如果我们考虑到上帝是《圣经》和它的每一位读者命运的作者,那么前面所说的这一点是完全站得住脚的。埃里金纳关于孔雀五彩缤纷羽毛的说法和西班牙喀巴拉学者关于《圣经》的数量像其读者一样多的说法,就是人们想象力的明证,前者是凯尔特人的,后者是东方人的。但是我敢说这两种说法都很准确,而且不光是指《圣经》,可以指任何一本值得一读的书。

爱默生说，图书馆是一个有魔力的房间，那里有许许多多着魔的灵魂。我们呼唤它们时，它们就醒来；在我们打开书之前，这书从字面上来讲，从几何学的角度讲，完全同其他任何东西一样，是一个体积。当我们打开这本书，当书本找到它的读者，便发生了审美行为。即使是对同一位读者，这同一本书也变了。因为我们变了，因为我们是（让我们回到我特别偏爱引证的例子）赫拉克利特的河流。赫氏说，昨天的人就不是今天的人，今天的人就不是明天的人。我们在不断地变化着，可以这么说，每读一本书，每次重读一本书，每次回味上次的重读，都会更新书的内容。内容也是不断变化的赫拉克利特的河流。

这一点可以把我们导向克罗齐的理论。我不知道他的理论是不是最深刻的，但肯定是最不带偏见的。文学乃表达，这个想法把我们带到了克罗齐的另一个常常被忘却的理论：如果说文学是表达，那么既然文学是由词汇构成的，所以语言也是美学现象。这一点叫我们有些难以接受，即语言是美学现象的观点。几乎没有人信奉克罗齐的理论，却人人都在不断地应用。

我们说西班牙语是一种响亮的语言，英语是一种语音多变的语言，拉丁语有着高贵的特点，在其后的所有语言都渴望达到它。我们把美学范畴应用到语言上了。人们错误地认为语言符合现实，符合如此神秘、我们称之为现实的东西。事实上，语言是另一种东西。

让我们来设想一个黄颜色、闪闪亮、会变化的东西。这个东西有时在天上，圆圆的，有时又呈弓形，有时增大，有时缩小。有人——我们永远也无从知道这个人叫什么名字——我们的祖先，我们共同的祖先，给这个东西取一个名字叫月亮，在各种语言中都不同，真是丰富多彩。我要说，希腊语中的 selene，对于月亮来说太复杂了一点，英语中的 moon 有节奏感，有一种迫使你慢慢地讲出的东西，这与月亮很相衬。它还像月亮，因为几乎是圆形的，几乎是以同一个字母开始并结束的。至于 luna，这是我们从拉丁语继承下来的优美词汇，在意大利语中也是一样的[1]，它含有两个音节，两个零件，也许太多了。在葡萄牙语中是 lua，显得不怎么

1　在西班牙文、意大利文和拉丁文中，月亮一词均为 luna。

美，法语中的 lune 带有一点神秘感。

因为我们讲的是西班牙语，我们就选 luna 一词。试想，有一次，有个人偶然创造了 luna 一词。毫无疑问，第一次创造是很不一样的。为什么我们不仔细想想用这样或那样的声音讲出月亮一词的第一个人呢？

有一个比喻我曾经不止一次引用过（请原谅我的单调乏味，但是我的记忆是七十多岁的老记忆）。有个波斯的比喻说月亮是时间的镜子。在"时间的镜子"中，既有月亮的易碎性，又有它的永恒性。这就是月亮的矛盾，它是那么的几乎透明，那么的几乎虚无，然而它却是永恒。

在德语中，月亮一词是阳性。所以尼采能够说月亮是仰慕地瞅着大地的和尚，或者说是一只踩着星星挂毯的小猫。在诗中，也受语法中性的影响。说"月亮"或者说"时间的镜子"，这是两个审美现实。只不过后者是第二程度的作品，因为"时间的镜子"由两个部分构成，而"月亮"也许更有效地给了我们一个词汇，一个月亮的概念。每一个词都是美学作品。

据认为散文比诗歌更加贴近现实。我认为并非如此。短篇小说家奥拉西奥·基罗加[1]有一个观点说,如果有寒风从河边刮来,就应该直截了当地写下:寒风从河边刮来。如果这确是他说的,那么基罗加似乎忘了,这句子就像寒风从河边刮来一样离开现实十分遥远。我们感受到什么?我们感到空气在流动,我们称之为风;我们感到这风来自某个方向,来自河边。所有这一切使我们造出像贡戈拉的诗,或者像乔伊斯的句子那么复杂的东西。让我们再回到"寒风从河边刮来",这里我们创造了一个主语:风;一个动词:刮;一个环境:从河边。这一切都是远离现实的;现实要简单得多。这个句子明显是散文,完全是散文,是基罗加特意选出的,是个复杂句,是一种结构。

我们以卡尔杜齐[2]的名句为例:"那田野绿色的寂静。"我们会想这是一个错误。卡尔杜齐弄错了形容词的位置。他应该这样写:"绿色田野的寂静。"他聪明而优雅地改动

1 Horacio Quiroga(1878—1937),乌拉圭作家,拉丁美洲杰出的短篇小说家,著有《爱情、疯狂和死亡的故事》等。
2 Giosuè Carducci(1835—1907),意大利诗人、文艺批评家,1906 年获诺贝尔文学奖。

了，说是田野绿色的寂静。让我们回到对现实的感受。我们感受到了什么？我们同时感受到好几样东西（也许东西一词太名词化了）。我们感受到田野，辽阔无垠的田野，我们感受到绿色和寂静。用一个词来形容寂静，就是一种美学创造。因为寂静是用于人的，一个人默然无声，或者田野默然无声。把"寂静"用于田野里没有噪声的情况，那就是一种美学处理，毫无疑问，这在当时是很大胆的。当卡尔杜齐说"那田野绿色的寂静"时，是在说某种离眼前的现实那么近又那么远的东西，就像在说"绿色田野的寂静"一般。

我们再来看另一个著名的换置修辞法例子，那是维吉尔无人超越的佳句 Ibant obscuri sola sub nocte per umbram（他们穿过阴影，幽暗地走在孤零零的夜晚）。让我们把凑句子的 per umbram 撇在一边，来看"他们（埃涅阿斯和西比尔）幽暗地走在孤零零的夜晚"（这个"孤零零"在拉丁语中更有力量，因为它在 sub 前面）。我们可以认为是他改变了词的位置，因为正常的说法应该是"他们孤零零地走在幽暗的夜晚"。但是，我们不妨重造那种场景，替埃涅阿斯和西比尔设身处地地想一想，我们会看到，"他们幽暗地走在孤零零的夜晚"比我们说的"他们孤零零地走在幽暗的夜晚"更接近那幅画面。

语言是一种美学创造，对此我觉得没有任何疑问。证据之一就是在我们学习一种语言时，在我们必须近看词汇时，我们就能感觉到美或不美。在学习语言的时候，人们会用放大镜去看词汇，会觉得这个词难看，这个词漂亮，这个词令人生厌。母语则不会发生这种情况，因为我们不觉得词汇是孤立于我们讲话之外的。

克罗齐说，如果一句诗是表达，如果构成诗句的每一个部分、每一个词汇本身都是有表现力的，那么这诗歌就是表达。你们肯定会说，这是老调重弹，是大家都知道的。但是我不知道我们是否知道；我想我们是感觉到的，因为这是真的。事实上，诗歌并不是图书馆里的书，不是爱默生有魔力的房间中的图书。

诗歌是读者与书的交汇，是书的发现。还有一个美学体验就是诗人构思作品的时候，就是他一点点发现或创造作品的时候。这也很奇特。据了解，在拉丁语中，"创造"和"发现"是同一个词。这一切都符合柏拉图的理论，他说创造、发现是回忆。弗朗西斯·培根补充说，学习是回忆；无知乃是知道忘却；什么都在那里，只是我们没有看到它罢了。

当我写东西的时候，我总感觉这东西早已存在。我从一个总概念出发，我知道开头与结尾的大致轮廓，然后我一点点地发现那些中间部分。但是我并没有创造这些部分的感觉，我没有一切由我来裁定的感觉。事情就是这样。但它们是藏着的，我的责任就是把它们找出来。

布雷德利[1]说，诗歌的一个作用不是能给我们发现什么新东西的印象，而是回忆起遗忘了的东西的感觉。在我们读一首好诗的时候，我们会想，这个我们也写得出，这首诗早就存在于我们脑中。这一点又把我们带到柏拉图关于诗的定义：那轻盈而带翅膀的神圣之物。作为定义是不可靠的，因为轻盈而带翅膀的神圣之物也可以是音乐（不过诗歌也是音乐的一种形式）。柏拉图在定义诗歌的时候，他站得要高得多，他给我们一个诗的榜样。我们可以得出这样一个观念，即诗歌

---

1 Andrew Bradley（1851—1935），英国评论家，曾任牛津大学诗歌教授，著有《莎士比亚悲剧》。

是美学体验，这犹如诗的教育中的一场革命。

我当过布宜诺斯艾利斯大学哲学文学系的英国文学教授。我曾经尽可能地撇开文学史。当我的学生向我要参考书目的时候，我就对他们说："参考书目不重要，毕竟莎士比亚一点也不知道什么莎士比亚参考书目。"约翰逊不可能预见到将来写的关于他的书。"为什么你们不直接读原著呢？如果这些书你们喜欢，那很好；如果不喜欢，就放在一边，因为强迫读书的想法是很荒唐的；读得愉快才是值得的啊。我认为诗歌是一种感觉到的东西，如果你们感觉不到诗歌，如果你们没有美的感受，如果一个故事不能让你们渴望了解后来发生的事情，那这位作者就不是写给你们的。你们就把它搁在一边，文学是相当丰富的，完全可以给你们提供值得你们注意的作者，或者今天不值得你们注意，明天你们再读。"

我就是这样教学的，坚持美学事实不需要定义。美学事实是那么明显，那么直接，就像爱情、水果的味道或水那样不能确定。我们感觉诗歌就像我们感觉一个女人的靠近，或者就像我们感觉一座高山或一个海湾。如果我们一下子就感受到了，为什么还要用别的词语去稀释它呢？这些词语肯定要比我们的感受弱得多。

有些人很少能感受诗歌，他们通常从事教诗歌的工作。我觉得自己能感受诗歌，但是我没能教诗歌。我没有去教人爱上这一篇或那一篇。我教我的学生喜欢文学，把文学看做乐事。我几乎不能进行抽象思维，你们也许发现我在不断地依靠引文和回忆。我们可以拿两篇西班牙文的诗来研究一下，这比抽象地谈论诗歌要好，因为那是一种令人生厌的或者说是夸夸其谈的方式。

我挑选了两篇非常著名的，因为我已经说了，我的记忆不济，我宁愿挑现成的，宁愿挑你们脑中事先已经存在的。咱们来研究一下克维多著名的十四行诗，是为纪念奥苏纳公爵佩德罗·特列斯·希隆先生而作的。

祖国可以亏待伟大的奥苏纳，
但不能亏待他的保卫它的功绩；
西班牙给了他监狱和死亡，
命运把他变成了祖国的奴隶。

仰慕他的人纷纷垂泪

无论是本国的还是外国的,

佛兰德的原野是他的坟茔,

血红的月亮是他的墓志铭。

葬礼时帕耳忒诺珀[1]点燃了维苏威火山

特里纳克利亚[2]点燃了蒙希贝洛;

军人之泪涨成暴雨。

战神赐予他天国中最好的位置;

默兹、莱茵、塔霍和多瑙诸河,

悲痛地哭诉着它们的忧伤。

　　我首先看到的是一纸申冤词。诗人是想纪念奥苏纳公爵,
据他在另一首诗中所说,"他于狱中在押时死去"。

　　诗人说西班牙欠了公爵伟大的军功,却报之以囹圄。这

1　指那不勒斯。

2　西西里岛的旧称。

些理由完全站不住脚，因为没有任何理由可以说英雄就不会有罪，或者说英雄就不应该受到惩罚。但是，

祖国可以亏待伟大的奥苏纳，

但不能亏待他的保卫它的功绩；

西班牙给了他监狱和死亡，

命运把他变成了祖国的奴隶。

这是鼓动的部分。请注意，我并没有说是赞成还是反对这首十四行诗，我只是在分析它。

仰慕他的人纷纷垂泪

无论是本国的还是外国的，

这两句的回响力不大，是为了写十四行诗的需要，也是为了诗的韵律需要。克维多是按照难写的意大利十四行诗的方式写的，它需要四韵，而莎士比亚是按照比较容易的伊丽莎白十四行诗的方式，它只需要双韵。克维多又补

充说：

> 佛兰德的原野是他的坟茔，
>
> 血红的月亮是他的墓志铭。

　　这是核心部分。这些诗句的丰富内涵在于它的含糊性。我记得对这两句的解释上有许多争论。"佛兰德的原野是他的坟茔"是什么意思？我们会想到佛兰德的原野，会想到公爵打过仗的战场。"血红的月亮是他的墓志铭"。这是西班牙语中最值得记诵的诗句之一。这是什么意思？我们想一想《启示录》中血红的月亮[1]，想一想战场上空略带红色的月亮。但是，克维多还有一首十四行诗，也是写给奥苏纳公爵的，诗中说："色雷斯的月亮带着血 / 消失时便写下了你的一天。"原则上，克维多可能想的是奥斯曼帝国的旗帜，带着血的月亮可能是上面红红的半月。我想大家都会同意不要排除任何一种含义。我们不要说克维多指的是打仗的日子，指的是公

1　见《圣经·新约·启示录》第六章第十二节："日头变黑像毛布，满月变红像血。"

爵的功劳或是佛兰德的战场，或者指的是战场上空带血的月亮，或者土耳其的旗帜。克维多没有放弃感受上面的各种含义。诗句很妙，妙就妙在含糊上。

接下来：

> 葬礼时帕耳忒诺珀点燃了维苏威火山
> 特里纳克利亚点燃了蒙希贝洛；

这就是说，是那不勒斯点燃了维苏威火山，是西西里点燃了埃特纳火山。真奇怪，他诗中用了那些古老的名字，好像要把一切都同当时著名的名字分开。接着：

> 军人之泪涨成暴雨。

这里我们又一次证明诗是一码事，理性的感受则是另一码事；战士们痛哭，哭得下起暴雨，很明显这是荒谬的。但在诗句中就不是这样了，它有它的法则。"军人之泪"，特别是西语中用"军人"一词很怪。"军人"用作悲号的形容词更是令人吃惊。

接下来：

> 战神赐予他天国中最好的位置；

按照逻辑，这一句我们也说不通。认为战神让奥苏纳公爵跟恺撒大帝并肩站在一起，也没有任何意义。这一句是为了倒装而存在。这正是诗的试金石：诗句的存在常常超出其含义。

> 默兹、莱茵、塔霍和多瑙诸河，
> 悲痛地哭诉着它们的忧伤。

我要说，这些诗句多少年来我一直印象深刻，但是从根本上说是假的。克维多听任一种想法的摆布，即一位英雄战斗过的地方和著名的河流为他痛哭。我们感到这也是假的。如果讲实际情况的话就更好了。比方说，就像华兹华斯在攻击道格拉斯吩咐砍伐森林的十四行诗里说过的那样。他说，是的，道格拉斯对森林的所作所为确实很可恶，他砍倒了大批树木，"令人赞美的兄弟般的树木"，但是，他又说，我们为一些坏事痛心疾首，而大自然本身对此却毫不在意，因为特威德河、绿色的草原、山冈峻岭等还是照旧。他认为说实话更好，应该说我们为砍伐了这么美的树林而难过，但是大自然并不在乎。大自然（如果有一个名叫大自然的实体存在的话）知道它能够恢复，河流会继续流淌。

确实，对于克维多来说，他指的是河的神灵。也许说奥苏纳公爵战斗过地方的河流对公爵的死十分漠然会更加具有诗意。但是克维多是想写一首挽歌，一首关于一个人去世的诗。什么是一个人的死亡？根据老普林尼的看法，那就是一张不会重复的脸与他一起死了。每一个人都有唯一的脸，与脸一起死掉的是成千上万的事情和回忆，童年的回忆和人的特征。看来克维多丝毫没有感到这些。他的朋友奥苏纳公爵死在狱中，克维多冷漠地写了这首十四行诗，我们能感受到他冷漠的实质。他把它作为对国家把公爵打入监狱的控告。看来他甚至不喜欢奥苏纳，不管怎么说，他并没有想让我们喜欢他。但是，这是我们语言中伟大的十四行诗。

现在我们来看另一首诗，是恩里克·班齐斯的。说班齐斯是比克维多更好的诗人那是很荒唐的，而且这种比较有什么意思呢？

让我们来看看班齐斯的十四行诗，看看它好在何处：

热情而忠实的映照

这是生活的材料所习惯

显示的样子，镜子如同

阴影中的一轮明月。

黑夜中给它奢华，那盏灯

浮动的亮光，还有忧伤

杯中的玫瑰，垂死的

也在其中低着头。

如果让痛苦加倍，也将重复

我心灵花园里的万物

也许等待着某一天居住

在它蓝色宁静的梦幻中

一位贵宾，映照着他们

额头相碰，双手相牵。

这首十四行诗很怪，因为镜子并不是主角；有一个秘密的主角到最后才给我们揭示。首先我们有一个主题，是非常诗化的：重复事物外表的镜子：

这是生活的材料所习惯

显示的样子……

我们可以回忆一下普罗提诺。有人想给他画像，他拒绝了："我自己就是一个影子，天上那个原型的影子。为什么还要给这个影子再做一个影子。"什么是艺术，普罗提诺想，它不过是第二层的表象。如果人是昙花一现的，他的形象怎么会令人敬慕呢？班齐斯也有同感：他感受到镜子的幻影性质。

有镜子确实是很可怖的：我始终对镜子感到恐惧。我想爱伦·坡也有同感。他有一个不怎么出名的作品，是关于房子装潢的。他提出的条件之一，就是镜子放的位置必须使坐着的人不反映在镜子里。这一点告诉我们他害怕在镜子里看到自己。在他关于重影的《威廉·威尔逊》和《亚瑟·戈登·宾》中，我们可以看到这一点，故事里讲南极有一个部落，其中有一个男子，第一次看到镜子时竟吓死了。

我们已经习惯于镜子，但是重复现实的图景确实有可怕的地方。我们再回到班齐斯的十四行诗。"热情"已经给了它人的特征，这是一个共同点。但是，我们从没有想到镜子是热情的。镜子悄然无声地接受着一切，十分谦和：

热情而忠实的映照
这是生活的材料所习惯
显示的样子，镜子如同
阴影中的一轮明月。

咱们来看镜子，也是光亮的，他还把它与月亮这样摸不着的东西比较。你还能感受到镜子的那种魔幻和古怪的特性：

"阴影中的一轮明月"。

接下来：

> 在黑夜中给它奢华，那盏灯
> 浮动的亮光……

那"浮动的亮光"想叫事物显得不很明确；一切都应该像镜子，像阴影中的镜子那样不清楚。想必当时是下午或者晚上。这样：

> 浮动的亮光，还有忧伤
> 杯中的玫瑰，垂死的
> 也在其中低着头。

为了使一切不至于都那么模糊，现在我们有了一束玫瑰，非常真切的玫瑰。

> 如果让痛苦加倍，也将重复

我心灵花园里的万物

也许等待着某一天居住。

在它蓝色宁静的梦幻中

一位贵宾，映照着他们

额头相碰，双手相牵。

这便是十四行诗的主题，它不是镜子，而是爱情，一段
腼腆的爱情。镜子没有准备看到额头碰着额头、手挽着手的
情形反映在镜子里，是诗人希望看到这种情景。但是由于害
羞，他用间接的方式来说出。这一切早就令人钦佩地被铺垫
好了，因为一开头就讲到"热情而忠实"，从一开始，这镜子
就不是玻璃的或者金属的镜子。这镜子是一个人，是热情而
忠实的；然后，它让我们习惯于看一个表面的世界，这个表
面的世界直到最后才与诗人挂起钩来。是诗人希望看到贵宾、
爱情。

这与克维多的十四行诗有一个本质的不同，因为我们在
那两句诗中能立刻感受到那强烈的诗意：

佛兰德的原野是他的坟茔，

血红的月亮是他的墓志铭。

　　我讲到了语言问题，讲到拿一种语言跟另一种语言相比是不公平的。我想有一条理由很充分，如果我们考虑一首诗，一节西班牙诗，比如：

谁会有这样的运气

在大海中

像阿纳尔多斯公爵

在一个圣约翰节的早晨。

不管这运气是一艘船，也不管什么阿纳尔多斯公爵，我们就感觉到这些句子只有用西班牙语说出才行。法语的发音我不喜欢，我觉得它缺少其他拉丁语言的那种明亮感，但是，怎么可能认为一种语言不好，而这种语言写出了像雨果那样令人钦佩的诗句呢？

"宇宙之怪"扭动着它镶嵌着鳞片般星星的身躯。¹

怎么能批评一种语言？没有它就写不出这些诗句。

至于英语，我觉得它的缺点是丧失了古英语中的那些开元音。但是它还是使莎士比亚写出这样的诗句：

将这厌世的肉体

从噩兆的束缚下解脱出来。²

曾被蹩脚地译成"将倒霉星星的枷锁，从我们厌恶世界的肉体身上挣脱"。用西班牙语不是什么问题，用英语，则全是问题。如果必须选择一种语言的话（当然没有理由不把所有的语言都选上），对我来说，这种语言就是德语，它可以组成复合词（像英语，甚至超过英语），有开元音，而且音乐感令人赞叹。至于意大利语，光《神曲》就够了。

不同的语言迸射出如此多的美感，没有比这更奇妙的了。

1　原文为法文。
2　原文为英文。

我的老师、伟大的犹太西班牙诗人拉斐尔·坎西诺斯－阿森斯，留下一篇给上帝的祷告词说："哦，上帝，可别这么多优美。"勃朗宁说："当我们刚感到很有把握的时候，又发生了些什么，太阳落山了，欧里庇得斯的合唱到了末尾，我们又一次迷了路。"

美在等候着我们。如果我们敏感，就能在各种语言的诗中感受到它。

我本来应该多学一点东方语言，我只是通过译本稍稍探了一下。但是我感受到了力量，美的冲击力。比如说，哈菲兹[1]的波斯文佳句："我翱翔，我的灰烬将是现在的我。"所有转世的理论全在这一句中："我的灰烬将是现在的我，"我将再次出生，到下个世纪，我将再次成为诗人哈菲斯。所有这些仅在寥寥数语之中，我读的是英文的，但是同波斯文肯定不会有很大距离。

我的灰烬将是现在的我，真是太简单了，不可能被改动的。

我觉得从历史的角度学习文学是一个错误，尽管对我

---

[1] Hafez（1320—1389），波斯抒情诗人，从 18 世纪起，他的作品被译成多种文字。

们来说，我本人也不例外，也许不可能用别的方式。有一个人，我觉得他是优秀的诗人和蹩脚的评论家。他的名字叫马塞利诺·梅嫩德斯－佩拉约，他有一本书叫《西班牙最佳诗篇一百首》。其中我们看到："让我热乎乎地走，让人家去笑吧。"如果这个也是西班牙最佳诗篇，我们要问，到底什么是西班牙最佳诗篇？但是在同一本书中，我们能找到我引用过的克维多的诗句和塞维利亚无名氏的"书信"，以及其他许多令人赞叹的诗篇。不幸的是，没有一篇是马塞利诺·梅嫩德斯－佩拉约的，他把自己排除在他的文选之外了。

美无所不在，也许是在我们生活的每一时刻。我的朋友罗伊·巴塞洛缪曾在波斯住过几年，他直接从法尔斯语[1]翻译了欧玛尔·海亚姆，他给我讲了我早就猜到的东西：在东方，一般都不从历史角度研究文学或哲学。这就是为什么德森和马克斯·米勒都感到惊讶，他们不能确定作者的年表。学习哲学史就像是亚里士多德与柏格森、柏拉图与休谟一起探讨问题。

---

1 印度－伊朗语族伊朗语支语言，是伊朗官方语言。

我想引用腓尼基水手的三句祷告词来结束我的报告。当船快要沉没的时候——我们是在公元一世纪，他们说了三句祷告。第一句说：

　　　　迦太基母亲，我把桨还了，

　　这里迦太基母亲是指推罗 [1]，是狄多 [2] 的家乡。接着是"我把桨还了"。这里有些特别。腓尼基人只是把生命看作划桨。当他走完自己生命历程时，就把桨还出来，让别人继续划下去。

　　另一份祷告词更加动人心弦：

　　　　我睡了，待会儿我再划桨。

　　他不能想象别的命运，也流露出时间循环的想法。

　　最后这一个祷告非常动人，跟别的都不一样，因为它没

1　古时腓尼基港口。
2　迦太基开国女王。

有表示接受命运的安排。反映的是一个人将要死时，将要被可怕的神灵处决时的绝望，是这样说的：

> 诸神啊，你们不要以神的标准来审判我
>
> 应该以一个人的标准
>
> 而大海已经把他撕碎。

在这三份祷告词中，我们立刻感觉到，或者说，至少我立刻感受到了诗意。这里有美学事实，不在图书馆，不在参考书，不在手稿年表里，也不在闭合的书本里。

腓尼基水手的这三份祷告词是我在吉卜林的故事书《人的方式》中读到的，是一个关于圣保罗的故事。这故事是真的吗？还是吉卜林写的？就像人们常常会很糟糕地问的那样。在自己心里问了几个问题后，我感到很羞愧，为什么要二选一呢？我们来看看这两种可能性，困境的两个牛角。

第一种情况，那是腓尼基水手的祷告词，他们是海洋之人，他们理解的生活只是在海上。从腓尼基语，比如说转成希腊语，从希腊语转成拉丁语，从拉丁语转成英语。吉卜林把它们重新写下来。

第二种情况，一位伟大的诗人，吉卜林想象那些腓尼基的水手；从某种程度上说，他离他们也很近。从某种程度上说，他就是他们。他理解的生活就是海上，他让水手说出了这些祷告词。一切都发生在过去：无名无姓的腓尼基水手已经死了，吉卜林也死了。究竟是这些鬼中的哪一位写了或者想了这些诗句，这又有什么关系呢？

一位印度诗人作了一个有趣的比喻，我不知道能不能全部领会：喜马拉雅山，就是那些高大的喜马拉雅山（据吉卜林说，该山的山峰是另一些山的膝盖），这喜马拉雅山是湿婆[1] 的笑声。高山成了一个神、一个可怕的神的笑声。这种比喻，不管怎么说都是令人惊讶的。

我心里想，美感是一种肉体的感受，一种我们全身感受到的东西。它不是某种判断的结果，我们不是按照某种规矩达到的，要么我们感受到美，要么感受不到。

我想用一位诗人的句子来结尾。这位诗人在十七世纪取

1　婆罗门教和印度教的毁灭之神。

了一个奇怪的带有诗意的名字叫西里西亚的安杰勒斯。我用这句诗来做我今天晚上所讲的总结，只不过我是通过讲道理或者说通过假装讲道理阐述的。我先用西班牙语，再用德语讲给你们听：

玫瑰开放了，它没有理由地开放了。

Die Rose ist ohne warum; sie blühet weil sie blühet.

喀 巴 拉*

丰富多彩，有时又相互矛盾的理论都冠以喀巴拉的名字，它们来自一个跟我们西方人的思想完全无关的观念，即圣书的观念。有人会说，我们也有类似的观念，即经典的观念。我认为，借助于奥斯瓦尔德·施本格勒和他的《西方的没落》，我很容易证明这两种观念是不同的。

我们有"经典"一词。词源学上它是什么意思？词源学上它来自 classis："快速帆船"、"船队"的意思。一部经典作品就是一本有条有理的书，就像船上的一切都必须井井有条一样；就像英语中的 shipshape。除了这一层不起眼的意思外，一部经典作品乃是同类书中十分突出的书。所以，我们称《堂吉诃德》、《神曲》和《浮士德》是经典作品。

尽管人们对这些书的崇拜达到了极点，甚至有些过分，但是观念上是不同的。希腊人把《伊利亚特》和《奥德赛》奉为经典。据普鲁塔克说，亚历山大总是把《伊利亚特》和宝剑藏在枕头下面，这两样正是他武士命运的象征。但是，没有一个希腊人认为《伊利亚特》的每一个词都是完美无缺的。在亚历山大城，图书馆的专家们聚集在一起，研究《伊利亚特》，在研究的过程中，他们创造了至关重要的标点符号（很遗憾，现在有时被遗忘了）。《伊利亚特》是一本著名的书，被认为是诗作的顶点，但是并不认为它每一个词、每一个六韵句都必定令人赞叹。那是另一个概念。

贺拉斯说："有时，这位荷马真像是睡着了。"可谁也不会说，这位圣灵有时像睡着了。

尽管有缪斯灵感的问题（缪斯的概念相当模糊），英国有一位译者认为，当荷马说"一个愤怒的人，这就是我的主题"时，并没有把这本书的每一个词都看做是令人赞叹的——而是把它看做可以修改的，并对它进行历史的研究。过去和现

---

* 犹太教神秘主义体系。

在都对这些著作进行过历史的研究，把它放入一定的环境之中。而神圣的书，其概念就完全不同了。

现在我们认为书是一种讲理、辩护、争论、阐述或者编纂理论历史的工具。在古代，人们认为书是口头语的替代，仅此而已。我们记得柏拉图在一篇文章中说书犹如雕像，像活人一样，但是在问它什么时，它却不会回答。为了消除这个困难，便发明了柏拉图式的对话，它能探讨关于某个主题所有可能的问题。

我们还有一封书信，非常优美而有趣。据普鲁塔克说，是马其顿的亚历山大给亚里士多德写的。亚里士多德刚刚发表了他的《形而上学》，也就是说，刚刚让人做了许多的副本。亚历山大批评他，说现在大家都能了解过去只有少数人知晓的事。亚里士多德辩解说，当然是很坦率的："我的论著被发表了，又没有被发表。"他不以为一本书就能全面阐述某个主题，它只是被看做陪伴口头教学的一种辅助。

赫拉克利特和柏拉图出于不同的理由，曾批评荷马的著作。这些书受到尊重，但并没有把它们看做神圣。这种观念是非常东方的。

毕达哥拉斯没有留下一行字。据猜想，那是他不想让自己被文字束缚。他希望他的思想在他死后能够在其信徒的脑中继续存在下去，而且枝繁叶茂。由此而产生了 magister dixit（大师说），但它总是被用错。magister dixit 并不是"这个大师说过"，讨论只能到此为止的意思。毕达哥拉斯的信徒所宣讲的某个理论，也许不是毕达哥拉斯的传统理论；例如，关于循环时间的理论。如果以"这个不在传统之列"而将其打住的时候，回答说 magister dixit，这就使他可以创新。毕达哥拉斯认为书本会束缚人，或者用《圣经》里的话来说，"那字句是叫人死，精意是叫人活"。

施本格勒在《西方的没落》关于圣书文化的一章中指出，圣书的典范就是《古兰经》。对于伊斯兰学者来说，对于穆斯林法规的学者来说，《古兰经》跟别的书都不一样。这是一本早于阿拉伯语言的书（这是难以置信的，但却又如此），不可能从历史或者语言学的角度对它进行研究，因为它早于阿拉伯人，早于阿拉伯语言本身，早于宇宙。甚至不认为《古兰经》是上帝的作品，还要进一步，还要神秘得多。对正统的穆斯林来说，《古兰经》是上帝的代表，就像是它的愤怒，它的怜悯，或它的正义感。在《古兰经》里就讲到有一本神秘的书，它是书之母，是《古兰经》在天上的原型，现在还在天上，众天使都敬仰它。

这就是神圣书籍的概念，这同经典书籍是完全不同的。在神圣书籍中，写成它的每一个词语、每一个字母都是神圣的。我怀疑，喀巴拉学者采用该方法是因为他们希望把诺斯替教派的思想纳入犹太神秘主义的范围，为《圣经》辩护，并成为正统。不管怎么说，我们可以粗略地看到（我几乎没有权利讲这个），喀巴拉学者现在或者过去使用了何种方法。这些信徒开始时在法国南部，后来在西班牙北部——在加泰罗尼亚，后来又在意大利、德国运用他们古怪的科学，到处都有一点。他们还到过以色列，尽管并不源自那里。应该说它来自诺斯替教派和纯洁派的思想家。

大概意思是这样的：《摩西五书》或《托拉》，即《圣经·旧约》的前五篇乃是神圣的书。一个无穷大的睿智屈尊从事人间写书的任务。圣灵屈尊创作了文本。这一点就像上帝屈尊下凡做人一样难以置信。但是这里的屈尊下凡来得更加亲切，圣灵屈尊下凡从文，写了一本书。在这本书中没有哪一点是偶然的。而所有人的著作却是有偶然性的。

围绕着《堂吉诃德》、《麦克白》或者《罗兰之歌》等许多书籍，都有一种迷信般的崇敬存在。一般是每个国家一本，法国除外，因为那里的文学是那么丰富，至少有两个传统经典，但是我不想谈这个。

那好，如果一位研究塞万提斯的学者忽然这样说：《堂吉诃德》由两个以字母 n 结尾的单音节词开头（en 和 un），然后是一个五个字母的词（lugar），接着两个词是两个字母的（de 和 la），再后面一个是五个或六个字母的（Mancha），于是他就得出一些结论的话，人们马上会觉得，这个人是疯子。但《圣经》就是这样被研究的。

比如，据说是从字母 bet 开始的，这是 *Breshit* [1] 的第一个字母。为什么在说"起初神创造天地"时使用了单数动词和复数主语？为什么以 bet 开始？因为在希伯来语中，这个打头的字母是"祝福"的第一个字母，西班牙文为 bendición，一篇文章不能用诅咒的第一个字母来开始，应

1　即《创世记》。

该从祝福开始。bet是希伯来语brajá的第一个字母，意思是祝福。

还有一个情况很奇怪，它肯定影响过喀巴拉，上帝说的话曾是它造物的工具（根据伟大作家萨阿维德拉·法哈多所说），它是通过自己说的话来创造世界的。上帝说要有光，就产生了光。由此得出结论说，世界是由光这个词创造的，或者说，是由上帝讲出光一词的声调创造的。如果它用另一个声调讲了另一个词，结果就不是光，而是别的什么了。

这样我们得出了像此前所说的那样不可思议的东西，得出某种跟我们西方人的思想相冲突的东西（也跟我的思想冲突），但是，我有责任谈谈这个问题。当我们想到词的时候，我们是从历史的角度思考的，这些词在开始时是声音，后来才变成字母。但是在喀巴拉（希伯来语中意思是接纳、传统）看来，则认为字母在先，字母是上帝的工具，而不是由字母反映出来的词。在这种情况下，《圣经》中就没有任何东西是偶然的了，一切都是定下的。比方说，每一节的字母数等。

然后又创造了字母之间的等价关系。把《圣经》当做带密码的，用密码写成的书。创造了不同的规矩来解读《圣经》。可以取出《圣经》的每一个字母，然后看到这个字母就是另一个词的开头，并读出隐藏的意思。就这样对待文中的每一个字母。

还可以形成两套字母表，比如，一个是从 a 到 l，另一个是从 m 到 z，或者按照希伯来语中的字母，认为上面一组字母相当于下面一组字母。然后，可以（这里用一个希腊语单词来表达）boustróphedon（牛耕式书写法）地读它，就是说可以先从右到左，再从左到右地读，然后再从右到左地读。同时还可以给字母一个数值。所有这一切形成一套密码，可以破译，破译的结果也值得思考，因为它应该是上帝无穷无尽的智慧所预见的。通过这样的密码，通过爱伦·坡在《金龟子》中所追述的过程，就能到达其理论。

我怀疑这个理论早于实用方式。我怀疑喀巴拉发生的情况，跟斯宾诺莎哲学发生的情况一样，几何学次序要落后一步。我怀疑喀巴拉受到过诺斯替教派的影响，为了使一切都跟希伯来传统挂上钩，才寻找了这个解读字母的古怪方式。

喀巴拉奇怪的实用方式是建立在一个逻辑前提上的：《圣

经》是绝对的文字，在绝对的文字中是不能有偶然之作的。

没有绝对的文字。无论怎么说，人的文字不是绝对的。在散文中更注重词汇的意义，在诗中更注重声音。在由无穷尽的智慧撰写的、由圣灵撰写的文字中，怎么能想象有一段昏庸、一个裂纹呢？一切都必须是命中注定。从这种宿命观出发，喀巴拉得出了它的体系。

如果《圣经》不是一本无穷无尽的著作，那它跟许多由人写的著作又有什么区别呢？《列王纪》与历史书有什么区别？《雅歌》与普通诗歌有什么区别？应该认为一切都有无穷无尽的含义。埃里金纳说，《圣经》拥有无穷无尽的含义，犹如孔雀五彩缤纷的羽毛。

另一种观点认为《圣经》有四种含义。这个体系是这样的：开始有一个类似于斯宾诺莎所称的上帝那样的存在，只不过斯宾诺莎的上帝是无限丰富的，而这个无穷大[1]对我们来说是无限穷困的。这是最首要的存在，而我们不能说它存在，因为，如果我们说它存在，那么星星也存在，人也存在，

1　指上帝。

还有蚂蚁也存在。怎么能把它们都归入同一类呢？不行，这个首要的存在不能存在。也不能说它思考，因为思考是一个逻辑过程，从一个条件到一个结论。也不能说它想要，因为想要一件东西就是感觉到需要它。也不能说做事，因为做事就意味着提出一个目标，并要实现它。此外，如果无穷大是无限的（好几位喀巴拉学者将它比作大海这个无穷无尽的象征），怎么可能再要别的东西呢？除了另一个将跟它相混的无穷大，还有什么东西可以创造的呢？但很不幸，必须创造一个世界，拥有十个分支，这些"塞菲拉"由上帝产生，但并不在其后。

这永恒的存在总是拥有十个分支的想法很难理解。这十个分支是由一个生出另一个的。文中告诉我们相当于手指。第一个分支叫冠，可与由无穷大产生的一道光相比，这道光不会减弱，一个无限的存在是不会减弱的。由冠而产生另一分支，由这一分支再产生另一分支，由这一支再产生另一支，直到满十个分支。每一个分支都是三部分组成。其中之一是与上层存在沟通的部分；另一部分是中心，是核心；还有一部分是用作沟通下层存在的。

十个分支构成一个人，名字叫亚当·卡德蒙，人的原型。这个人在天上，我们是他的映象。这个人从那十个分支生出一个世界，然后又产生一个，直到四个世界。第三个就是我们的物质世界，第四个就是地狱世界。所有这一切都囊括在亚当·卡德蒙身上，它包括人及其小世界，即一切事物。

这并不是什么哲学历史博物馆中的一件展品，我认为这个体系有一个用处，可以帮助我们思考，帮助我们理解宇宙。诺斯替教派要早于喀巴拉很多世纪，他们有一个相似的体系，即提出一个不确定的上帝。由这个名叫 Pleroma（完全）的上帝产生另一个上帝（我在按照伊里奈乌斯的说法介绍），由这个再产生一个分支，由这个分支再产生一个，再产生一个，每一个都是一个天（有一座分支塔）。我们来到第三百六十五分支，因为天文学也混了进来。当我们达到最后一个分支，即神的成分几乎为零的分支，我们找到了上帝，名字叫耶和华，它创造了这个世界。

为什么它要创造这个充满着错误、恐惧和罪孽，充满着肉体痛苦、内疚感和犯罪的世界？因为神性一点点地减弱，在到达耶和华时才创造了这个有差错的世界。

在十个分支和四个世界中我们有着相同的、不断创造的机制。随着这十个分支不断远离那个无穷大，远离那个无限，远离那个神秘，远离喀巴拉的形象语言所称的神秘，能量就越来越小，直至创造出这个世界的那个分支。我们所在的这个世界充满着错误，如此容易遭到不幸，而幸福总是那么短暂。这不是什么荒唐的想法，我们正面对着一个永恒的问题，即恶的问题，这在《约伯记》中谈得很深透了。弗卢德[1]认为，这本书是所有文学中最伟大的著作。

你们一定会记得约伯的故事。他是一个受迫害的虔诚信徒，是一个想在上帝面前评理的人，一个遭受朋友谴责的人，他认为已经为自己申辩了，而最后上帝在旋风中对他讲了话。上帝说它是超越人的尺度的。它举了两个奇怪的例子，大象与鲸鱼。并说是它创造了它们。马克斯·布罗德说，我们应该感觉到大象、比蒙[2]（动物）是那么大，连名字都用复数，还有利维坦，可以是两个魔鬼：鲸鱼或者鳄鱼。上帝说它就像这两个魔鬼一样不可理解，不能由人来衡量。

1 James Anthony Froude（1818—1894），英国作家和历史学家。
2 《圣经》中的动物，一说是河马。

斯宾诺莎也谈到这一点，当他说给上帝以人的特征，就像是一个三角形在说，上帝完全是个三角形。说上帝是公正的、仁慈的，就像是说上帝有脸面、有眼睛或手一般与人同形。

因此，我们有一个上面的神灵，还有下面的分支。这些分支像是最没有攻击力的言词，它使上帝没有过错，就像叔本华所讲的，过错不是国王的，而是他的大臣们的，以便使这些分支产生这个世界。

人们曾试图为恶辩护。首先要提到的是神学家的经典辩护，宣称恶是否定，恶只是无善。这一点对于所有明智的人来说，很明显是错误的。任何一种肉体痛苦总是像任何一种快乐一样强烈，或者更加强烈。不幸并不是没有运气，是一种肯定；当我们不幸时，我们会感觉到不幸。

莱布尼茨有一个理由为恶的存在辩护，很冠冕堂皇但是很错误。我们设想两个图书馆。第一个拥有一千册《埃涅阿斯纪》，这本书被认为是完美无缺的，也许真是如此。另一个图书馆拥有一千本价值各异的书，其中有一本是《埃涅阿斯纪》。哪一个更高一筹呢？很明显，是第二个。莱布尼茨得出结论说，恶对于世界的多样性是必要的。

另一个通常引用的例子是一幅画，一幅美丽的画，比方说是伦勃朗的。画布上有些阴暗的地方可以说是对应恶的。看来莱布尼茨在举画布或者书为例时忘了一点，一个是在图书馆中有坏书，另一个是本身为坏书。如果我们就是一本坏书的话，我们注定会被打入地狱。

并不是所有的人都有克尔恺郭尔的那种陶醉——我也不知道他是否总有。克尔恺郭尔说，如果在地狱只有一个人，这对于世界的多样性来说是必要的，而这个人是他，他会在地狱的深处高歌颂扬万能的上帝。

我不知道是不是很容易有这种感受，也不知道在地狱待了几分钟以后，克尔恺郭尔是否还会有同样的感觉。但是，正如你们所看到的，他的意思是想谈论一个本质的问题，即恶的存在问题。诺斯替教派和喀巴拉是以同样的方式解答的。

它们的解答方式说，宇宙是有缺陷的神灵创造的作品，在它的身上神的成分几乎是零。也就是说，一个不是上帝的神。一个离上帝很遥远的神。我不知道我们的思维能不能理解神，理解神灵这样广泛而模糊的词汇；能不能理解巴西里德斯的理论，即诺斯替教派的三百六十五分支的理论。然而，我们能接受存在有缺陷的神灵这样的看法，这个神灵不得不用相反的材料来构筑这个世界。这样我们便来到萧伯纳的理论，他说："上帝在形成之中。"上帝不是属于昨天的东西，也许也不属于现在：它是永恒。上帝可以是将来的东西；如果我们宽宏大量的话，甚至如果我们聪明明智的话，我们就在帮助构筑上帝。

威尔斯的《不灭之火》，情节与《约伯记》相仿，两部作品的主人公也很相像。《不灭之火》的主人公在麻醉状态下，梦见自己走进一个实验室，设施很可怜，那里有一个老人在干活。这个老人就是上帝，它显得很生气。"我在尽我所能，"它说，"但是说真的，我不得不对付一种很困难的材料。"恶就是上帝难以对付的材料，善则是可造之材。但是，善，从长远来说，必定会胜利，并且正在胜利。我不知道大家是否相信进步，我是相信的，至少我相信歌德的螺旋线：我们向前走又后退，但是总体来说，我们在改进之中。在充满残酷现实的当下，我们怎么能这样谈这个问题呢？虽然现在抓了俘房，把他们送往监狱，还可能送往集中营，但因为那是敌人。在马其顿的亚历山大时代，胜军杀死所有败军，攻克一城便洗劫一空，那是很自然的事。也许在思想上我们也进步不小。其中一个例子就是我们会对喀巴拉思想感兴趣。我们的脑子是开放的，不仅愿意研究别人的聪明智慧，也愿意研究别人的愚蠢之处，研究别人的迷信。喀巴拉不仅不是博物馆的一件展品，而且还是思想的某种隐喻。

现在我想讲一个神话故事，喀巴拉最古怪的传说之一是关于有生命的假人的传说。它曾启发过梅林克的著名小说，也启发了我的一首诗[1]。上帝取一块泥土（亚当的意思就是红土），给它吹入生命，创造了亚当，对喀巴拉学者来说，它就是第一个有生命的假人。它是被神灵的话语，被生命之气创造出来的。因为喀巴拉认为上帝的名字就是整个《摩西五经》，只不过字母是打乱了的。所以，如果有谁拥有上帝的名字，或者说如果有人找到四字神名——包含四个字母的上帝名字——并且能够正确地读出来，他就可以创造一个世界，还能创造一个有生命的假人，一个人。

1　指古斯塔夫·梅林克的《假人》和博尔赫斯收入《另一个，同一个》中的《假人》一诗。

关于有生命的假人的传说，在格肖姆·肖莱姆的《喀巴拉及其象征主义》中用得非常漂亮，我刚读过这本书。我认为这是关于这个问题写得最清楚的书，因为我发现几乎用不着寻找原始出处。我读过《创造之书》[1]的优美译本，是莱昂·杜霍夫内翻译的。我认为译得正确（当然我并不懂希伯来语）。我还读过《光辉之书》的一个版本。但是这些书并不是为了教授神秘哲学而写，而是为了让人接近它，为了让学生能够读这些书，并感到有帮助。书里讲的不都是真的，就像亚里士多德发表了而又未发表的文章一样。

让我们再回到有生命的假人。据说，如果一位拉比学会或者发现了上帝的秘密名字，并且对着一个泥人讲出来，这个泥人就会动起来，成为有生命的假人。传说中还有一个说法是，在有生命的假人的额头写上 EMET，意思是真理，这个有生命的假人便长大。到某个时候，它长得那么高，它的主人没有办法够得着。主人就叫它把鞋带系好。有生命的假人便弯下腰去。学者吹一口气，擦去了 EMET 的第一

1　又称《创世之书》，中世纪犹太教神秘主义重要文献。

个字母，只剩下 MET，即死亡。那个有生命的假人就变成了灰尘。

另一个传说讲，一位或几位拉比，或几个魔术师，创造了一个有生命的假人，把它派往另一位师傅处。这个师傅也能做假人，但是他超越了这种虚荣心。师傅对有生命的假人讲话，但它不回答，因为它没有讲话和思考的能力。师傅宣布说："你是魔术师做出来的，变回你的灰尘吧。"那有生命的假人就倒下，散掉了。

最后，还有一个肖莱姆讲的传说故事。许多徒弟一起（因为一个人不能学习并理解《创造之书》）终于造出了一个有生命的假人。生来手中就拿着匕首，要求创造它的人把它杀了，"因为如果我活着，我会变成一个偶像"。对以色列来说，就像对新教一样，偶像是最大的罪孽之一。他们就把那有生命的假人给杀了。

我讲了几个传说故事，但是我想再回到那第一个，回到那个我认为值得关注的理论，即我们每一个人都含有神的成分。很显然，这个世界不可能是万能的、正义的上帝所创造，但是它有赖于我们。这就是喀巴拉留给我们的教益，它远远超过历史学家或者语法学家研究的古怪学说。正如雨果的伟大诗篇所说，喀巴拉教诲了希腊人所称的诸灵最后复原论[1]，根据这个理论，所有灵性实体，包括该隐（亚当的长子）和魔鬼，在经历漫长的转世以后，将会跟产生它们的神灵合而为一。

1　该理论认为一切灵性实体，包括天使、人的灵魂和魔鬼最终都将得到上帝的恩宠而回复原来与上帝和好的地位。

失　　明

　　在我很多很多的，实在是太多的报告会过程中，我注意到大家特别喜欢听个人的事而非一般的事，具体的事而非抽象的事。因此，我来谈一谈我自己还不算很过分的失明。讲不过分，因为我是一只眼睛全瞎，另一只部分失明。我还能辨别一些颜色，我还能区别绿色和蓝色。还有一种颜色也没有对我不忠实，这就是黄色。我记得小时候（如果我妹妹在这里，她也会记得）常常在巴勒莫动物园的一些笼子面前赖着不走，那正是虎豹的笼子。我在老虎的金色和黑色面前驻足。即使是现在，黄色也继续陪伴着我。我写了一首诗，名为《老虎的金黄》，其中就谈了这种情意。

　　我想谈一个常常被忽略的事实，我不知道它是不是具有普遍意义。人们想象，盲人是锁闭在黑暗世界之中的。莎士比亚有一首诗可以证实这种看法：Looking on darkness which the blind do see（眼望着盲人所见的黑暗）。如果我们把黑暗理解成黑色的话，那莎士比亚的诗是不对的。

盲人（起码我这个盲人）所怀念的一个颜色正是黑色，另一个是红色。红与黑[1]是我所缺少的颜色。我习惯于睡在全黑的房间，因此长期来，我讨厌睡在这个雾腾腾的世界，这个显蓝发绿、略带些光的雾腾腾的世界，也就是盲人的世界。我真想背靠黑暗，支撑在黑暗上。我看到的红色是有些模糊的棕色。盲人的世界不是人们所想象的黑夜。至少我是以我的名义，以我父亲和祖母的名义讲的，他们去世时是盲人。他们失明了，但他们是微笑着勇敢地谢世的，就像我也希望自己那样。许多东西都会遗传（比如说失明），但是勇气却不能遗传。我知道他们是勇敢的。

盲人生活在一个相当不方便的世界，一个不能确定的世界，其中浮现某种颜色。对我来说，有黄色，有蓝色（只不

1　原文为法文。

过蓝色可以是绿色），还有绿色（只不过绿色也可以是蓝色）。白色消失了，或者说与灰色混在一起。至于红色，则完全消失了，但是我希望将来（我还在接受治疗）能改善，能看到这种伟大的颜色，这种在诗中闪闪发光、在各种语言中有着如此美丽名字的颜色。我们可以想一想德语的 scharlach，英语的 scarlet，西班牙语的 escarlata 和法语的 écarlate。这些词都与这种伟大的颜色相称。相反，"黄色"（amarillo）在西班牙语中听上去软弱无力，英语中的 yellow 更接近黄色，我想古西班牙语中黄色是 amariello。

我生活在这个色彩的世界里，首先我要说，如果我谈自己不算过分的失明，那首先是因为它不是人们所认为的完全的失明。其次是因为讲的是我自己。我的失明不是特别戏剧性的。那些突然失明的人才是戏剧性的，那是一闪光，突然之间没有的，而对我来说，这个缓慢的黄昏（这种缓慢的丧失视力）早在我开始看东西时就开始了。从一八九九年就开始了这个缓慢的黄昏，持续了半个多世纪，没有戏剧性的时刻。

为了今天的报告会，我应该寻找那个伤感的时刻。比方说，我得知自己丧失视力，丧失作为读者和作者视力的那个时刻。为什么不确定一个如此值得记忆的一九五五年的一个日期呢？我不想说那年九月壮观的阴雨，而想说我个人的一件事情。

我一生得到过许许多多不相称的荣誉，但是有一个我却特别喜欢：国家图书馆馆长。那更多地是出于政治而非文学的原因，我是被自由派政府任命的。

我被任命为图书馆馆长，回到了我记忆犹新的城南，蒙塞拉特区的墨西哥大街。我从未梦想过自己会当馆长。我有的是另一些回忆。晚上，我常跟父亲一起去那里。我的父亲是心理学教师，他想找几本他特别喜欢的柏格森或者威廉·詹姆斯的书，也许还有古斯塔夫·斯皮勒的书。我很胆小，不敢要书，我就自己寻找《大不列颠百科全书》或者是《布罗克豪斯百科全书》或《迈耶百科全书》。我就从书架上随便抽出一本，读了起来。

我记得有天晚上我感到很满足，因为我读了三篇文章，是关于德鲁伊特，德鲁兹派[1]和德莱顿[2]的。三篇文章中都有

1　伊斯兰教派。
2　John Dryden（1631—1700），英国诗人、剧作家。

dr 两个字母。有的晚上则不那么幸运。我还知道，格鲁萨克就在那房子里。我完全可以亲眼见到他，但我那时，我可以说，很胆小，几乎同我现在一样胆小。那时我认为胆小是个大毛病，现在我觉得胆小是一个人应该设法克服的毛病之一。胆小确实不是太要紧的，就像其他许多事情那样，过去常常把它们看得过重。

我是一九五五年底接受任命的。上任后，我问有多少册书。回答说是一百万。后来我了解到是九十万，足够了（也许九十万听上去比一百万还要多：九百个千，一百万一下子就说完了）。

慢慢地我明白了事情往往带有奇怪的讽刺。我一直在暗暗设想，天堂应该是图书馆的模样。另一些人则设想成花园，也有的人设想成宫殿。我身处九十万册各语种的书籍中。我发现我几乎只能看清封面和书脊。于是我写了《关于天赐的诗》，是这样开始的：

上帝同时给我书籍和黑夜，

这可真是一个绝妙的讽刺，

我这样形容他的精心杰作，

且莫当成是抱怨或者指斥。[1]

那两个恩赐是相互冲突的：很多的书和夜晚，却不能阅读这些书。

我把这首诗的作者想象成格鲁萨克，因为他也曾是国家图书馆馆长，而且也失明了。格鲁萨克要比我勇敢，他保持沉默。但是我想，毫无疑问，我们生命中有些时刻是相一致的，因为我们两个都成了盲人，我们两个又都喜欢书。他写的书为文学增光要远远超过我的书。但是，总体来说，我们两个都是文人，都跑遍了禁书的图书馆。几乎可以这么说，对于我们昏暗的眼睛来说，都是些空白的书，没有字母的书。我写了上帝对我的讽刺，到最后我问自己，两个人中究竟谁写了这首诗，诗的作者是复数的我，单个的影子。

那时我不知道还有另一位图书馆馆长，叫何塞·马莫尔，也是个盲人。这里出现了第三位，就完整了。二，只是一种

1　此处采用林之木先生的译文。

巧合；而三，则是一种确认。这是一种三元素式的确认，一种天意或者神学的确认。马莫尔当馆长的时候，图书馆还在委内瑞拉大街呢。

现在习惯于讲马莫尔的坏话或是不提他。但是，我们应该记得在我们讲到"罗萨斯时代"的时候，我们不会想到拉莫斯·梅希亚令人赞美的《罗萨斯及其时代》，而会想到何塞·马莫尔令人赞叹的小说《阿玛利亚》所描写的罗萨斯时代。能够留下一个国家一个时代的形象可是了不起的光荣。但愿我也能拥有一个类似的形象。确实，在巴勒莫的茶话会上，每当我们提到"罗萨斯时代"，我们就会想到马莫尔描写的人民复辟党，总会想到暴君的一个部长以及索莱尔的对话。

于是，我们有三个人承受了同样的命运。回到城南的蒙塞拉特区我感到由衷的高兴。对于所有布宜诺斯艾利斯的居民来说，城南已经悄悄地成了布宜诺斯艾利斯的秘密中心。不是别的什么中心，那是我们展示给游客的讲究排场的中心（当时没有名为圣特尔莫区这样的广告）。城南一点点成为布宜诺斯艾利斯不起眼的秘密中心。

当我想起布宜诺斯艾利斯，我想起的是小时候所认识的城市：低矮的房子，有院子、门厅、有一只石龟的水池、带栅栏的窗子等等，布宜诺斯艾利斯全都是这种样子。现在，只有城南还保留原样。因此我感到是回到了我长辈们的城区。当我证实书就在那里，可我必须问我的朋友书名是什么的时候，我想起了鲁道夫·斯坦纳在他关于人智学（他曾经给灵智学起的一个名字）的书里说的某句话。他说，当某个东西消亡的时候，我们应该想到某个东西在开始。这个劝告是有益的，但是很难实施，因为我们知道我们丢失了什么，却不知道将要得到什么。我们对我们丢失的东西有着清晰的形象，有时是很凄惨的形象；但是我们不知道什么东西将会替代它或者接替它。

我下了一个决心。我对自己说：既然我已经丢失了那可爱的形象世界，我应该去创造另一个东西。我应该创造一个未来，以接替我事实上已经丢失的视觉世界。我想起家里有的几本书。我曾经是大学的英国文学教授。在讲授这个几乎无穷无尽的文学方面我能做些什么呢？毫无疑问，这个文学将超过一个人的或者几代人的生命。在阿根廷四个多月的国庆和罢工期间我能做些什么呢？

我尽我所能去教大家热爱这个文学，并尽可能放弃日期、名字等细节。有几位女学生考完试并且通过了，便来看我（所有的女学生都能通过，我始终做到不让任何人不及格；十年中我共给了三名学生不及格，是他们自己坚持要求的）。我对那些女学生（约九至十名）说："我有一个想法，现在你们考试通过了，我也完成了作为教师的职责。咱们一起来研究一种我们几乎一无所知的语言和文学是不是很有意思？"她们问我是什么语言，什么文学。"那当然是英语和英国文学。咱们来学习它们，现在我们没有考试了，轻松自如。咱们就从它的根源开始吧。"

我记得家里有两本书可以再拿出来，我把它们放在书架的最上面，以为再也不会用到它们了。那是斯威特的《盎格鲁－撒克逊读本》和《盎格鲁－撒克逊编年史》。这两本书都有术语词汇表。

我想，我已经丢失了视觉世界，但是现在我将收回另一个世界，一个属于我遥远的先辈的世界，他们是那些划船渡过北部汹涌澎湃的大海的部落，是那些从丹麦、从德国、从荷兰出发征服英格兰的人；正是因为他们而将这片土地命名为英格兰，因为"英格兰"即盎格鲁人的土地，它原来的名字叫"不列颠人的土地"，后者是凯尔特人。

那是一个星期六的上午，我们相聚在格鲁萨克的办公室，开始了我们的阅读。有一件事我们很高兴，伤了我们不少脑筋，但同时也让我们感到某种自豪。那就是撒克逊人也像斯堪的纳维亚人那样。用两个如尼字母[1]表示 thing 和 the 中的 th 的两个音。这使全书带有一种神秘的色彩。我把它们画在了黑板上。

于是，我们觉得，我们碰到了一种跟英语不大一样，有点像德语的语言。发生了学习语言时总会碰到的问题。每一个词都像是镌刻着的一样，都像护身符一样醒目。所以外语诗句有着本国语言所没有的声誉，因为诗句的每一个词都听得到，都看得见：我们会考虑它们的美感，它们的力量，或者只考虑它们的奇特之处。我们发现一句："尤利乌斯·恺撒是罗马人中第一个发现英格兰的。"在北方国家的一段文字中我们发现了罗马人，心里很感动。请记住我们原来是一

---

1 一名富托克字母，是北欧、英国、斯堪的纳维亚和冰岛各日耳曼民族的文字体系，起源不明，通用于公元 3 世纪至 16、17 世纪。

点也不懂那语言的，我们是用放大镜来读的，每一个词就像我们找到的一种护身符。我们发现了两个词。有了这两个词，我们简直像喝醉了似的。可不是吗，我已经老了，而她们是年轻人（看来都是会喝醉的年岁）。我在想："我在回到五十代以前我的祖先所讲的语言，我在回到这种语言，在收复这种语言。我并不是第一次使用这种语言；当我叫别的名字的时候，我就曾讲这种语言。"这两个词就是伦敦的名字 Lundenburh 和罗马的名字 Romeburh，当我们想到曾经洒在这些被遗忘的北方岛屿的罗马之光时，心里更加激动。我记得我们曾跑到街上，大声地叫喊着：Lundenburh，Romeburh……

就这样开始了盎格鲁 – 撒克逊的研究，这是失明带给我的。现在我的脑子里充满着盎格鲁 – 撒克逊的挽歌和史诗。

我的视觉世界让位给了盎格鲁 – 撒克逊语言的听觉世界。后来我又到了另一个世界，一个更加丰富的斯堪的纳维亚文学的世界，我研究《埃达》和萨迦。后来我写了《古代日耳曼文学》，在这些主题的基础上我又写了很多诗，尤其是我很享受这一切。现在我在准备一本关于斯堪的纳维亚文学的书。

失明没有使我胆怯。而且我的出版人又告诉我一个好消息，他说，如果我一年交给他三十首诗，他就可以出一本书。三十首诗意味着沉重的压力，特别是在需要逐字逐句口述的情况下。但同时，也意味着相当大的自由，因为一个人一年中不可能不碰到三十个大发诗兴的机会。失明对于我没有成为彻底的不幸，也不应该把它看得太重。应该把它看做是一种生活方式：人类的一种生活方式。

失明也有好处。有些东西我还应该归功于黑暗：我的盎格鲁－撒克逊的收获，对冰岛语言的浅薄了解，那么多一行行、一首首的诗篇，还写了一本书，书名有点虚伪，有点夸张，叫做《影子的颂歌》。

现在我想谈一谈别人的情况，一些伟人的情况。我们就从这个关于诗歌与失明之间亲密关系的明显例子开始，从这个被认为是诗人之巅的荷马开始。（我们还知道另一位希腊盲人诗人塔米里斯，塔米里斯的作品已经失传，我们主要是通过弥尔顿，另一位著名的瞎子所提到的情况了解他的。塔米里斯在一次比赛中被缪斯打败，缪斯毁了他的竖琴，还弄瞎了他的眼睛。)

有一个非常奇怪的假设，是奥斯卡·王尔德提出的，我不认为它有历史根据，但是充满机锋。一般地说，作家总是希望他们所说的话具有深度。王尔德却是一个希望显得肤浅而其实很有深度的人。他希望我们把他想象成一位健谈者，希望我们在想到他时，能像柏拉图想到诗歌一样，"那轻盈而带翅膀的神圣之物"。正是那轻盈而带翅膀的神圣之物奥斯卡·王尔德告诉我们，古代把荷马表现为盲人诗人，这是经过深思熟虑的。

我们并不知道荷马是不是存在过。事实上有七个城市在为他的名字而争夺，这就足以使我们怀疑其历史的真实性。也许并不是一个荷马，而是我们用荷马的名字掩盖了许许多多希腊人。传统上一口咬定这是一位盲人诗人，但是荷马的诗却是视觉化的，在许多时候是光彩耀人的，就像奥斯卡·王尔德的诗一样，当然程度上略为差些。

王尔德发现他的诗过于视觉化而想改掉这个缺点，他想使他的诗也成为听觉的、富有音乐性的诗，就像他非常喜欢而且钦佩的丁尼生或者魏尔兰的诗那样。王尔德认为："希腊人坚持认为荷马是盲人，以说明诗不应该是视觉化的，而应该是听觉化的。"由此而产生了魏尔兰的首先是音乐[1]的说法，由此而产生了与王尔德同时代的象征主义。

我们可以认为荷马从未存在过，但是希腊人喜欢把他想象成一个盲人，以便坚持诗歌首先是音乐，诗歌首先是竖琴。对于一位诗人，视觉化的东西可以存在，也可以不存在。我知道那些视觉化的大诗人，也知道那些非视觉化的大诗人，精神上的、思想上的诗人，这里用不着提他们的名字。

我们再来看弥尔顿的例子。弥尔顿的失明是自愿的。他从一开始就知道自己将成为伟大的诗人。其他几位诗人也有过类似的情况。柯尔律治和德·昆西，在动手写第一行诗之前他们就知道他们的命运是文学。我也如此，如果我可以这样说我自己的话，我总是感觉到自己的命运首先就是文学。这就是说，在我身上将会发生许多不好的事情和一些好的事情。但是从长远来说，所有这一切都将变成文字，特别是那

1　原文为法文。

些坏事，因为幸福是不需要转变的，幸福就是其最终目的。

我们再回到弥尔顿。他失明是因为写小册子，为议会处决国王进行辩护。弥尔顿说他是为了捍卫自由而自愿失明的，他谈到这崇高的使命时，并不为眼瞎而抱怨，他认为他是自愿失明的，他记得他第一个心愿就是当一个诗人。在剑桥大学发现了一篇手稿，上面写着弥尔顿年轻时为了写一首伟大的诗而提出的许多主题。

"我想留给后代一些东西，他们不能轻易让它消失。"他宣布说。他记下了十到十五个主题，其中他不知不觉地写了一篇带有预言性的诗篇。这篇的主题就是参孙[1]。他那时不知道他的命运竟跟参孙有些类似。就像《旧约》中参孙预言基督的那样，他关于弥尔顿的预言更加准确。他一知道自己失明，便开始写两篇历史性的著作：《莫斯科公国史》和《英格兰史》，都没有完成。后来他写了长诗《失乐园》。他找到了一个所有人、而不仅仅是英国人感兴趣的主题。这个主题就是亚当，我们共同的父亲。

---

1 《圣经》人物，力大无比。

他相当部分时间是孤身一人，写诗，记忆力越来越好。他能记住四五十首十一音节无韵诗的腹稿，然后口述给来访的人。他就这样写诗。他回忆并思考参孙的命运，跟他的是那么相像。因为克伦威尔已故世，复辟已经成功。弥尔顿遭到迫害，他因曾为处决国王辩护而有可能被处死刑。但是查理二世，被处决的查理一世的儿子，当有人把被判死刑的名单交给他时，他拿起笔，不无大度地说："我的右手有些东西拒绝签署判处死刑的命令。"弥尔顿得救了，其他许多人也跟他一起得救了。

　　于是他写了《力士参孙》。他想写成一个希腊式的悲剧。悲剧发生在参孙生命的最后一天。弥尔顿在思考着他们命运的相似之处，因为他就像参孙一样，曾经是个强者，而最后被打败了。他已经瞎了。据兰多[1]说，他写了那些常常标点错误的诗句，确实是这样的："瞎子，在迦萨（迦萨是非利士人的城市，是敌人的城市），在磨坊里，与奴隶在一起。"[2] 好像不幸在参孙身上不断堆积着。

1　Walter Savage Landor（1775—1864），英国作家、古典文学研究学者。
2　原文为英文。

弥尔顿有一首十四行诗是谈他失明的。有一句看得出是盲人写的，当描述世界的时候，他说："在这个黑暗而辽阔的世界"，这正是瞎子孤立无援时的世界，因为他们一边走路，一边伸出双手寻找着支撑。这就是一个人凌驾于失明之上写作的例子（比我要重要得多了）。他写了《失乐园》、《复乐园》和《力士参孙》，他最好的十四行诗，还写了《英格兰史》中从起源到诺曼征服英格兰。这些都是在失明的情况下写成的，必须先口述给偶然登门的访客。

波士顿贵族出身的普雷斯科特靠的是妻子的帮助。在哈佛大学读书时的一次事故，使他失去了一只眼睛，另一只也几乎失明。他决定献身于文学事业。他学习研究了英国、法国、意大利、西班牙的文学。帝国时期的西班牙使他找到了一个世界，恰好与他断然拒绝共和派的思想相符。他从一名学者转变成作家，他给读书给他听的妻子口述征服墨西哥和秘鲁的历史，口述天主教双王时期[1]的故事和腓力二世统治时期的故事。那是一项幸福的任务，几乎无可挑剔，总共花了

<hr />

1 1496 年阿拉贡王子费尔南多和卡斯蒂利亚王位继承人伊莎贝拉联姻，对西班牙统一意义重大。

他二十多年的时间。

　　有两个例子离我们很近。一个我已经提到过了，是格鲁萨克，他被不公正地遗忘了。现在人们把他看做一个闯进这个国家的法国佬。有人说他的历史著作已经陈旧，现在拥有更好的资料了。但是人们忘记了一件事，格鲁萨克像所有的作家一样，他写了两部作品：一个是他提出的主题，另一个则是他写作的方法。他除了留给我们历史性的、批判性的著作外，还革新了西班牙的散文。各时期来最好的西班牙语散文家阿方索·雷耶斯曾对我说："格鲁萨克教会我应该如何写西班牙语。"格鲁萨克屹立于失明之上，给我们留下了他在我们国家写成的最好的散文。我总是很高兴地想起他。

　　让我们来回忆另一个比格鲁萨克更加有名的例子。詹姆斯·乔伊斯也有双重的著作。我们有两部浩大而——为什么不讲出来呢？——无法阅读的小说，那就是《尤利西斯》和《芬尼根的守灵夜》，但只是他著作的一半（还包括优美的诗篇和令人钦佩的《一个青年艺术家的画像》）。另一半著作也许正如现在所说的，是最容易挽救的，因为他使用了几乎是无穷尽的英语。这个语言的统计数字超过任何其他的语言，给作家提供了非常大的可能性，特别是提供了非常具体的动词，但是对乔伊斯来说，这还不够。爱尔兰人乔伊斯回忆说，都柏林是由丹麦海盗创建的。他学习了挪威语，还用挪威语给易卜生写信。后来，他又学习希腊语、拉丁语……他会所有的语言，结果他用自己创造的语言写作，一种很难懂的语言，但是可以辨别出一种奇怪的音乐。乔伊斯给英语带来了一种新的乐感。他大胆地（也是骗人地）说："在我身上发生的种种事情中，我认为最不重要的就是我成了盲人。"他的浩大著作的一部分是在黑暗中完成的。他在回忆中打磨着那些句子，有时一整天就为了一个句子。然后写下来，再修改。全都是在失明的情况下，或者是在失明期间做的。类似的布瓦洛、斯威夫特、康德、罗斯金和乔治·穆尔的软弱曾是他们完美地完成其作品的令人心酸的工具。同样值得强调的是，那些扭曲的行为也让它的受益人变得大名鼎鼎。德谟克利特在院子里挖去自己的眼睛，以免现实景象分散他的注意力。奥利金[1]还阉割了自己。

1　Origen（约185—约254），埃及亚历山大的基督教神学家，公元250年遭罗马皇帝迫害。

我举了相当多的例子，其中有些是那么著名，真不好意思谈我自己的事情，只不过人们总是希望多听到一点知心话，而我也没有理由不讲我自己的，尽管把我的名字跟我以上回忆的人物放在一起自然是有些荒唐。

我说过失明是一种生活方式，一种并不完全是不幸的生活方式。让我们来回忆一下西班牙大诗人路易斯·德·莱昂修士的诗句吧：

我想跟我一起生活，

享受我欠上天的恩惠，

悄悄地没有证人，

没有爱情和妒忌，

没有仇恨、期望和猜疑。

爱伦·坡背得出这一节。

对我来说，没有仇恨地生活很容易，因为我从来没有感到过仇恨。但是要没有爱情地生活是不可能的，幸亏我们没有一个人做得到。然而，"我想跟我一起生活／享受我欠上天的恩惠"这个开头，如果我们承认在上天也有阴影，那么谁还会与自己一起生活？谁还能进一步探求自己？谁还能比对自己更了解？根据苏格拉底的说法，谁能比盲人更了解自己？

作家生活着，作为诗人，他的任务不是在某个时间表内完成的。谁也不会从八点到十二点和从两点到六点是诗人。一个人是诗人就始终是诗人，他不断地受到诗意的冲击。同样，画家，我猜想，也是感到那色彩、那形象在冲击着他。或者，音乐家感到那声音的奇妙世界——艺术中最奇怪的世界——总是在寻找他，总有旋律和不谐和音在寻找着他。对于艺术家的工作来说，失明不完全是一种不幸，也可以是一种工具。路易斯·德·莱昂修士把他最美的作品献给盲人音乐家弗朗西斯科·萨利纳斯。

一个作家，或者说所有人，应该这样想，他身上所发生的一切都是工具。所有给他的东西都有一个目的。这一点在艺术家身上尤其应该更加强烈。在他身上发生的一切，包括屈辱、烦闷、不幸等等，都像是为他的艺术所提供的黏土、材料，必须接受它们。所以我在一首诗中讲到古代英雄们的食粮：屈辱、不幸、倾轧等。给我们这些东西是让我们去改变它们，让我们把生活中的悲惨变成或力求变成永恒的东西。

如果一个盲人这样想问题，失明就成了恩赐。我已经用给我的恩赐劳累了你们。失明给了我盎格鲁－撒克逊，给了我部分的斯堪的纳维亚，给了我原来不知道的中世纪文学，给了我好好坏坏的几本书，不过这些书那时写得值得。另外，盲人能感觉到周围人的热心。人们对盲人也总是抱有善意。

我想以歌德的一句诗来结束。我的德语不够好，但是我想我能记起这几个词而不会有太多的错误：一切近的东西都将远去[1]。歌德写这句诗是指晚霞。一切近的东西都将远去，这是真的。傍晚，离我们很近的东西已经离开我们的眼睛，就像视觉世界离开了我的眼睛一样，也许是永远。

歌德也许不仅仅指晚霞，也指人生。一切都在渐渐远离我们。老年必然是最大的孤独，只不过最大的孤独乃是

1　原文为德文。一译"近物远逝"。

死亡。"一切近的东西都将远去"也指失明的缓慢过程，今天晚上我给大家讲了这个过程，我想证明它不完全是个不幸。它应该是命运或者运气给予我们的许多奇怪工具中的一个。

JORGE LUIS BORGES
Siete noches

图字：09-2010-605号